サイレント・コア　ガイドブック

著／大石英司
Eiji Oishi

画／安田忠幸
Tadayuki Yasuda

C★NOVELS

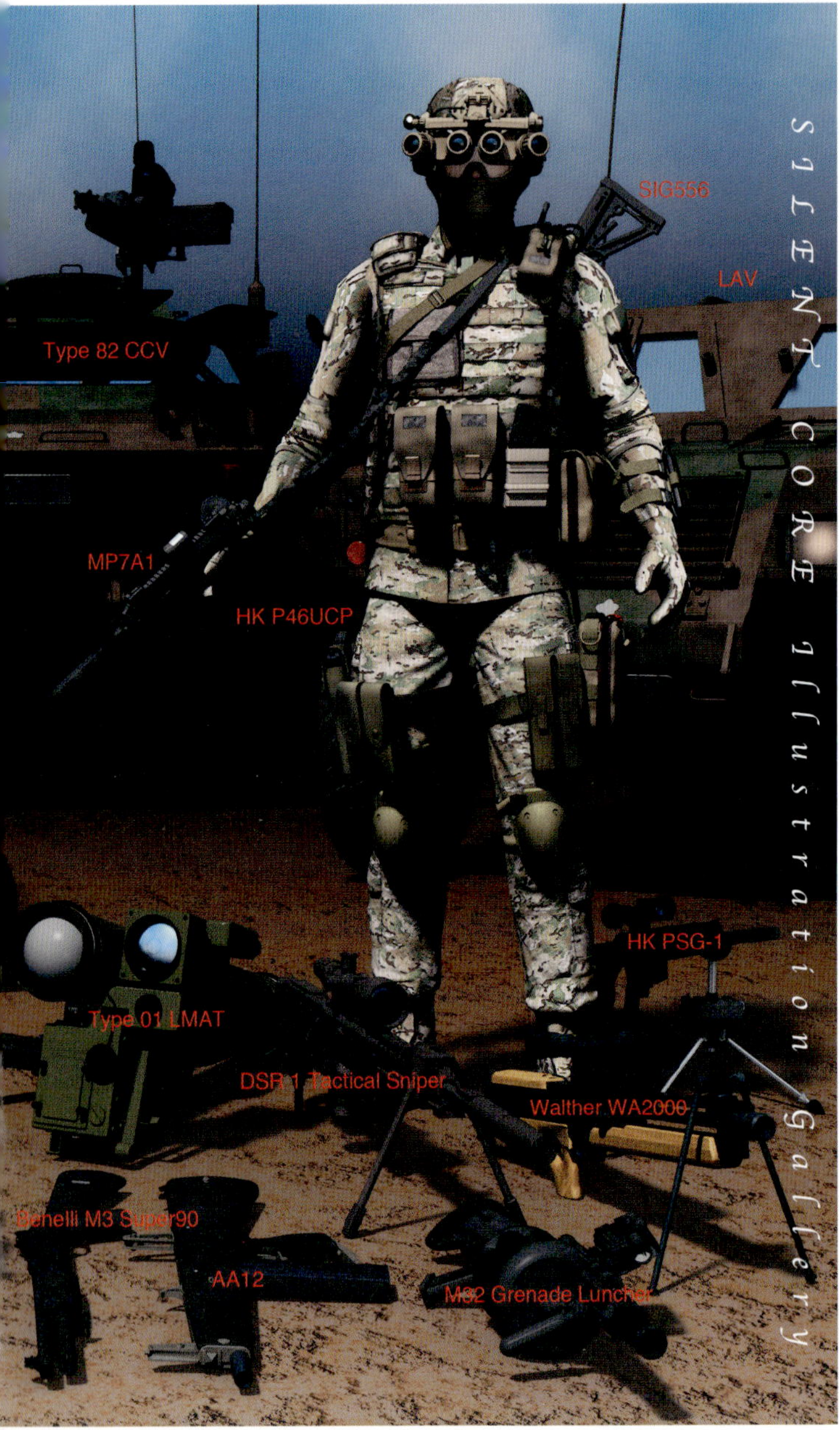
SILENT CORE Illustration Gallery
SIG556
LAV
Type 82 CCV
MP7A1
HK P46UCP
HK PSG-1
Type 01 LMAT
DSR 1 Tactical Sniper
Walther WA2000
Benelli M3 Super90
AA12
M32 Grenade Luncher

書き下ろしイラスト。
第一空挺団・第四〇三本部管理中隊《サイレント・コア》使用武器・装備一覧。

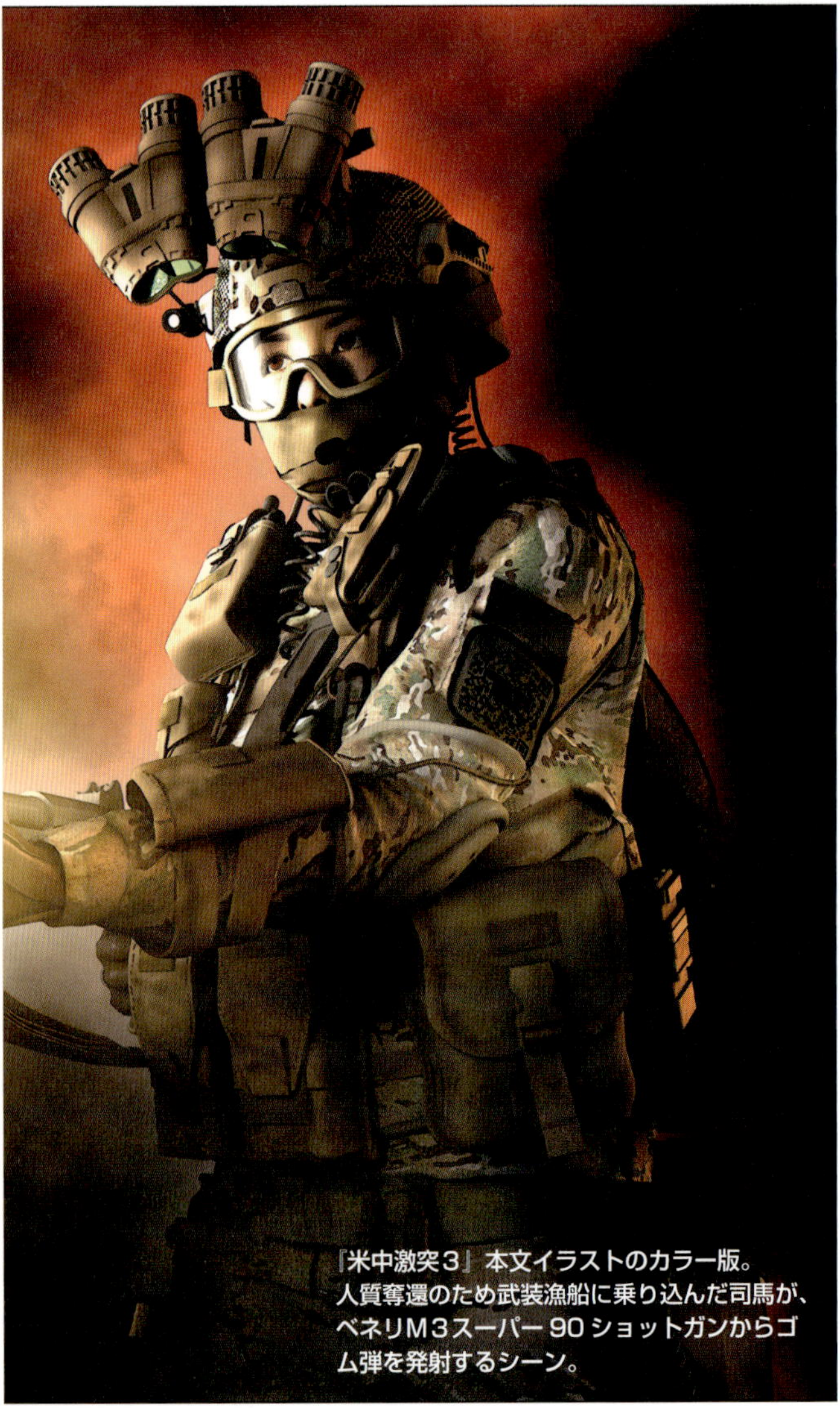

『米中激突３』本文イラストのカラー版。
人質奪還のため武装漁船に乗り込んだ司馬が、
ベネリM3スーパー90ショットガンからゴム弾を発射するシーン。

陸上自衛隊習志野駐屯地の一角に、第一空挺団・第四〇三本部管理中隊という一団がいる。
部隊創設者にして初代隊長の名から「サイレント・コア」とも呼ばれる彼らこそ、日本初の対テロ特殊部隊として設立された自衛隊の精鋭秘密部隊である。

設立から 20 年——その任務はしだいに多岐に及ぶようになり、海外での邦人保護や救助活動、また時には国連などの要請により戦いの渦中に投げ込まれることもあるのだ！

『米中激突８』本文イラストのカラー版。ファストロープを降りながらマシンピストルを撃つ司馬。

『北方領土奪還作戦２』本文イラストのカラー版。
司馬が持っているのは愛用のバヨネット。
そしてポケットにはサハリンの地図が入っている。

『米中激突８』本文イラストのカラー版。土門が稜線越しにM32グレネードランチャーをはなつシーン。

「ナラクに棲む悪魔」カバーイラスト。
(「yorimoba」連載小説のカバーカラー版)
待田と吾妻が並ぶシーン。背後で輝く月が、
物語の真相を暗示?

『サハリン争奪戦　上』
本文イラストのカラー版。
獣道をバイクで走る姉小路。

『米中激突７』本文イラストの別バージョン＆カラー版。
両手でH&K P46 ピストルを撃つ司馬。
安田氏が遊び心を見せた「クールビズ仕様（未掲載）」。
是非、本編と見比べてください！

『米中激突１』本文イラストのカラー版。珍しい司馬＆姜の水着姿。司馬さんが持つペーパーバックは、実は『米中激突１』になっている。

『半島有事４』カバーイラスト。
八二式指揮通信車に乗っている土門、走っている人物は司馬。
背景はソウル市街の高層ビルで、ターゲットクロスは、ソウルの位置を示している。

『魚釣島奪還作戦』口絵イラスト。
バヨネットを構える司馬。サイレント・コアの具体的な装備を表現した最初のイラストです。もともと国内での対テロ部隊として創設されたため、こうした黒い防眩スーツが本来の姿。

〈サイレント・コア〉シリーズ

書き下ろし短篇小説

大石英司

「LADY 17」
「オペレーションE子」

LADY 17

プロローグ

ここは、かつて逓信省《ていしんしょう》が使っていたビルだと、部隊長の土門康平《どもんこうへい》二佐が説明した。

「明治時代に作られたが手狭《てぜま》になり、耐震性の問題もあって、無人となった。だが文化財指定されていたために、取り壊すに取り壊せないという話になっている。表向きにはな」

全員が礼装していた。その古色蒼然《こしょくそうぜん》たる二階建ての建物は、まるで戦時中を描いた映画の舞台のようだな、と原田拓海《はらだたくみ》一尉は思った。

室内の壁も、大理石が剥き出しだ。最後に誰が触ったかもわからない、古いロッカーが並んでいる。

部下たちは、そこを訪れるのは初めてではなさそうだ。珍しく皆、身だしなみを気にして、まるで出撃前のようにバディ・チェックしている様子がやや滑稽《こっけい》だった。

そんな部隊を出迎えた、背広に蝶《ちょう》ネクタイをした初老の男性は、ハイカラというイメージがぴったりだ。自ら、そのちょっとずれたファッション・センスを愉《たの》しんでいる感じすら窺えたが、物腰はあくまでも柔《やわ》らかく、微笑《ほほえ》みを絶やさない。

まるで、執事然《しつじ》とした立ち居振る舞いだ。もちろん原田の人生で、「執事」という人々と会ったことはなかったが。

「土門さん、奥様はお元気でいらっしゃいますか？」

「ええ。先日のお茶会のお礼を伝えるよう命じられました。自分の人生で、もう二度と無いような貴重な経験だったと」

土門は、その案内役の男性に礼を述べた。

「とんでもございません。もしお望みでしたら、ぜひまたお声をかけさせていただきます。……あの……」

「何か問題でも？」と、土門が、男性の微妙な気配を察して尋ねた。

「問題というほどのことではありません。ただ、まだ日本国籍を有していなかった者が作戦に参加していたことを問題視する向きがありまして」

「馬鹿げていますな。それを言ったら、この国の裏も表も知り尽くしている在日米軍の兵士は、誰一人日本国籍なんてもっていない」

「ええ。まあ、うちの長《おさ》が丸く収めるでしょう。それなりに、不愉快な思いは甘受《かんじゅ》していただくしかありませんが。――いかがですか？　新人の小隊長は」

と男性は、土門に聞いた。

「きっと、ご満足いただけると思います」

土門は自信ありげに答えた。

男性は、姜彩夏《かんあやか》三佐を値踏みするかのような視線で、足下から観察している。

「思い出しますなぁ。司馬《しば》さんを初めてここからご案内した時のことを。若々しく瑞々《みずみず》しい制服に闘志がみなぎり、輝《かがや》いていた」

エレベーターが上がってくる。荷物搬送用の大型エレベーターだった。土門は、二人の新人小隊長に向きなおった。

「これから、ある人物のインタビューを受けてもらう。インタビューというより、尋問だ。報告書に関して、根掘り葉掘り聞かれる。相手は無礼千万で意地悪で、遠慮会釈無く、君たちを挑発する。ほとんど拷問に近いだろう」

「われわれの報告書を読むだけの軍事知識が？」と原田が聞いた。

「恩賜《おんし》の軍刀が家宝という、旧陸軍少佐だ。最初に俺がその前に立たされた時は、ガバメントで蜂《はち》の巣《す》にしてやろうかと思った」

「長は、今も仰っています。後にも先にも、自分に公然と刃向かったのは貴方が最初で最後だと。音無《おとなし》さんとて、長の前では、借りてきた猫のようだったそうですから」

と男性が苦笑いして言う。

「というわけで、何を言われても借りてきた猫みたいに過ごせ。捕虜尋問訓練だと、割切ってな」

上がってきたエレベーターは、三〇名は乗り込めるほど大きかったが、保安上の規約で二班に分けて乗り込んだ。そこにいる隊員は二〇名。サイレント・コアの中でも、ここにくるクリアランスを持った者だけだった。

そしてサイレント・コアには、民航機パイロットと同様の行動規範が課せられている。待機中に全員が同じ食事を取ることはないし、一つの移動手段で部隊全員一緒に移動することもないのだ。

エレベーターは、一分以上も下がり続けた。いったい、何百メートル下がっているんだろう？　と原田と姜は途中顔を見合わせる。

エレベーターを降りると、昔ながらの裸電球が点された細いトンネルが延々と続いていた。

天井は逆U字型で、おそらく戦時中に掘られたものだろう。一列縦隊で進むと、所々分岐点があった。数百メートル、ひょっとしたら一キロ以上歩いた所で、ようやく上りのエレベーターが見える。

白手袋をはめた衛視が敬礼で出迎えた。

「じゃあ、みんなここからはビシッと締めていけよ。小隊長殿がヘマをしなきゃ、事情聴取はほんの二〇分で終わり。恩賜のハンカチでももらって、お開きだ」

土門は、エレベーターの中にある鏡で、自分の制服を確認しながら全員に告げた。

LADY 17

地上に出てからも、まるで迷路かという巨大な建物の中を延々と歩かされた。幅五メートルはありそうな廊下の外には、瀟洒《しょうしゃ》な日本庭園がある。

部隊が通された部屋は、ゴルフの打ちっ放しでもできそうな広さだったが、節電のためか天井のシャンデリアはほんの一つ点っているだけだった。

廊下側に、古めかしい椅子が三列ほど並べられている。土門は部隊にそこに座るよう目くばせした。

その奥に、背もたれの高い椅子が二つ並べてあり、更に五メートルほど離れた場所に、長卓が一つあり、背筋をピンと伸ばした老人が座っていた。土門が軽く敬礼し、二人の小隊長に、前に歩み出るよう命じた。土門が待機する場所から、二〇メートルは離れていた。

部屋の奥にいる老人から「かけろ」と命じられた後も、その老人は五分ほど無言のまま、報告書や二人の身上書に視線を落としていた。

「姜彩夏三佐。日本での新婚生活はどうだね……?」

「はい、お陰様で快適です」

「ふむ……。君の、お祖父《じい》さんを知っているよ。私は大本営暮らしだったが、関東軍にいた私の父と満州《まんしゅう》で撮った写真が残っている」

「光栄であります」

「原田君、君はまた、その年齢にしては多彩《たさい》な経歴だな。君を立派な下士官にすべく金をかけて教育訓練した海自を飛び出し、君を立派な士官にしようとした空自を飛び出し……ひょっとして飽きっぽい性格なのか」

「その時々の、運命だと思っております」

「ふむ。〝レディ17〟に関して、事前の情報はあったかね?」

「いえ。単なる作戦名だろうと思いました」

「あれこれ推測しなかったのか?」

「自分はあの時、着任準備中で、基地の近くに不動産を探しにに訪れていました。その際、たまたま基地に立ち寄ったところ、作戦参加を求められた次第です。あれこれ考える余裕はありませんでした。それに、自分は本作戦については、あくまでもメディックという立場での参加でありました」

「姜君は? 君はそもそも、この時は日本国籍すら取得していなかったのだろう?」

「被害者が女性ということで、一人でも多く女性が部隊にいた方が、救出した後の人質を安心させられるだろうという判断の下、あくまでもオブザーバーという資格で参加しました」


原田は、あの作戦が開始となった夕方のことを思い出していた。

隊舎の玄関に、見慣れない車が二台停車していた。一台は、真っ黒な車体で、サイズ的には、73式大型トラックと同等くらい。だが荷台は幌《ほろ》ではなく、コンテナ型で、屋根には、衛星通信用と思しき張り出し部分が何カ所かあった。

そしてもう一台は、こちらは一見普通のハイエースだったが、後部のキャビン部分に窓はない。

隊舎から出て来た土門康平二佐から、「下総《しもうさ》基地からハーキュリーズに乗り、フィリピンへ向かう」といきなり告げられたのだ。

「君は、あの野戦救急車が載る二号機に隊員と共に乗り、降下するまでの間に、救急車の装備を確認した上、パラシュート降下に耐えられるよう治療器具の収納を確認してくれ。作戦の概要は、そっちに乗る司馬さんが説明する。まあ、たいしたことはわかっていないが」

「救急車をパレットで降ろすんですか？」

「そうだ。必要があればの話だ。GPS誘導パレットに乗せて、ピンポイントで降ろす。もしその必要があったらな。負傷者がいる前提で行くし、追って医官が駆け付ける可能性もある。人質救出任務だ」

「前方の、でかいのは何ですか？」

「ああ、こいつはな。俺が乗り込む車両で、指揮作戦車両だ。コマンド・オペレーション・ビークル。COV——コブと呼んでいる。73式トラックをちょいと改良し、ハーキュリーズに乗るサイズで、いろいろと拡張した。俺は降りない。現場では司馬さんが指揮を取り、俺は空中給油機で援護を受けつつ、高みの見物だ。上から指示を出す」

四機からなるC130輸送機で飛び立ち、後から空中給油機が追いかけてくるということだった。

上空で貰えた情報は僅かだった。

——曰く、フィリピンの最南端ミンダナオ島で活動していた非政府組織《NGO》グループが、一週間前、イスラム過激派集団のアブ・サヤフに捕らえられた。政府は捕虜解放の交渉を極秘裏に行っていたが、それが暗礁《あんしょう》に乗り上げ、やむなく自衛隊にお呼びがかかった、とのことだ。

捕虜になったのは、現地人スタッフ五名、日本人二名で、アブ・サヤフが要求した身代金はなんと米ドルで一億ドル。日本円で一〇〇億円という金額だった。

外務省としては、一〇億程度なら払うつもりでいたらしいが、向こうは交渉に応じる気配もなく、サイレント・コアが出撃した日の朝、近くの集落に、現地人スタッフの生首が届けられたという。

それで交渉の失敗を確認し、部隊の出撃と相成ったということらしかった。

土門が乗る指揮機には、これまでの事情を知る警視庁の担当刑事と、外務省の役人も乗る予定だったらしいが、どこからかの横槍《よこやり》が入り、エプロンに取り残された。

後に聞いた話では、部隊の作戦計画にフリーハンドを持たせるための、高度に政治的な決断が為されたとのことだった。

全員が緊張していたことを、今でも記憶している。それぞれ分かれて機体に乗り込む寸前、姜がエプロンで寄ってきて、「変だわ……」と話し掛けたことを原田は覚えていた。

「みんな異様に緊張している。まるで特攻作戦にでも出かけるみたいに……」

「そうですか？　人命が懸かっているんだから、緊張して当たり前でしょう」と応じた。

「いえいえ、この連中に限ってはそんなことないわよ。どんな作戦も、まるで裏山にピクニックに出かけるかのようにリラックスした顔で出撃していくのに……。こんなのあり得ないわ」

　ちなみに、原田が姜三佐と会ったのは、その日が初めてだった。

　彼女の噂は聞いていた。

　韓国の陸軍士官学校を首席で卒業した日系韓国人で、色々あった末、対馬《つしま》市役所勤務の元自衛官と結婚。司馬とは殺し合った仲だが、今では教えを請《こ》う師弟関係であるなど。

　そして、結婚を機に司馬の後継としてスカウトされ、今は、日本国籍が認められるのを待っている状況らしい。

　部隊には、タガログ語を話す隊員もいた。母親がフィリピンからの出稼ぎという身の上だ。機上で調べた現地の様子は、険しい渓谷《けいこく》地帯だとのことだった。


　原田は、機体が現場上空に到着するまでの間に、機内からネットに繋ぎ、現地の風土病や、有害生物の情報を検索し備えた。

　降下二〇分前、土門二佐が全員のコミュニケーション・ツールが正常に機能するのを確認しつつ、指揮機から最終状況を説明してくる。

「人質が捕らえられている場所はだいたいわかっている。〝ワニの口〟と名付けられた渓谷地帯だ。狭いところでは幅一〇メートル、深さが五〇メートルから二〇〇メートルもある急峻《きゅうしゅん》な渓谷地帯に横穴が掘られており、アブ・サヤフはそこに潜んでいる。ちなみに、そのトンネルを掘ったのは旧日本軍で、その場所を〝ワニの口〟と名付けたのも旧日本軍だ。戦局が押し迫った昭和一九年夏、ダバオに上陸した第三十師団捜索第三十連隊は、このマライバライの渓谷地帯へと転戦した後、終戦を迎えた。現地で持久解隊となったため、帰国適わず、今も現地で暮らしている旧日本兵がいた。この一週間、我が国政府はその旧日本兵を通じてアブ・サヤフと交渉していたらしい。——だが、その人物が敵か味方かはわからない。その点は、留意するよう。敵が逃走、もしくは移動中に備えて、部隊の一部は上空に留まり、いざとなったらピンポイントで降下して敵を妨害するものとする。その降下が夜間になるとは限らない。作戦は二四時間以内に終える予定だが、真っ昼間、敵の真上に降下する状況もありうるから覚悟しておくように。今回、自分は上空からCOVにて指揮をとるので、司馬さんが降下部隊の現場指揮をとる。——原田君は、夜間降下は初めてだろうが、問題ないな？」

「はい。しかし、メディックの自分が負傷したらどうなるのでありますか？」

「心配は要らん。司馬さんが有無を言わさず、すぐ楽にしてくれるから」

「……安心しました」

救出した人質を速やかに収容するため、UH－1H汎用ヘリコプターを搭載したハーキュリーズ輸送機が、更に夜明けまでに離陸する手はずになっていた。

降下自体は、問題ないはずだった。暗視ゴーグルを装着し、全員の後に続いて降りるまでだ。

地上では、焚《た》き火《び》が燃えていて目印となっていたが、困ったことに事前に想像していたより狭い場所で、しかもそこが山の斜面だというとは、地表に接近してからわかった。

全く水平ではない。二〇度近い斜面だ。

だが、全ての隊員は、まるで自分自身が割り当てられた碁盤《ごばん》のマス目に降りていくように、規則正しく着地していった。

原田だけが、みんなの中心部分に、周囲の隊員を蹴散らすように降りる羽目になった。しかも、焚き火の上に墜ちる格好になり、危うくパラシュートに火を点けるところだった。

歩み寄ってきた司馬光《ひかる》二佐が、「お高いパラシュートなのに、これでお釈迦《しゃか》ね」とぼやくが、原田はそれどころではない。

高度は一三〇〇メートル。パラシュートの舵《かじ》の効きも悪く、地面に叩きつけられるかと思った。

全員が、トライアル中の新しい小銃HK416と417を装備していた。それぞれ口径違いの銃だ。

しばらくすると、藪《やぶ》の中から、銃を担いだ男が現れる。ボロボロのキャップを被り、白いあごひげが僅かに覗《のぞ》いていたが、焚き火に照らされた銃を見て、原田はぎょっとした。

三八式歩兵銃だ。記録映像では見たことがあったが、現物を見たのは初めてだった。

老人は、これも年季が入り、あちこち継ぎ接ぎを当てたザックを背負っていた。そして腰には、右側に竹筒の水筒。左側にピストル・ケース。まるで、あの時代から抜け出してきたみたいだ。

号令をかけている司馬の前に歩み出ると、直立不動で「山田作蔵《やまださくぞう》二等兵であります！　命令を受け、待機しておりました。隊長殿はどちらでありますか」と敬礼した。

「なおれ、二等兵。私が部隊を指揮する司馬中佐だ。女では不満かな？」

「いえ、時代も変わったと思いますんで、上官は上官です」

「それで結構。お勤めご苦労様です」

司馬が、焚き火を消すよう部下に命じた。

「山田二等兵、早速ですが、移動しましょう。輸送機のエンジン音を聞きつけられたかもしれない」

原田は知らなかったが、その頃、硫黄島《いおう》を発進した無人偵察機のスキャン・イーグルも現場に向かっていた。

土門が乗る指揮機は、エンジン音でゲリラ部隊を刺激しないよう、かなりの距離を取って旋回飛行に入っていた。

原田には、疑問が山ほどあった。

相手がアブ・サヤフというのであれば、まずはフィリピン軍海兵隊が出るのが筋だろうし、彼らの力が及ばないにしても、次は米海兵隊なりアメリカ軍の特殊部隊の出番のはずだ。

なのに、いきなり日本の自衛隊が出てくるというのがまず解《げ》せなかった。これらが全て、フィリピン政府の了解済みのことなのか？

それに、いくら自衛隊が出るにしても、たった二人の日本人を救出するためというのは、急ぎすぎで、大げさな気もする。

捕虜となった人数を考えれば、その手の人質交渉を専門とする海外の民間軍事会社に丸投げしてもかまわない案件だ。

外務省は、身代金の交渉を諦めたという話だったが、さじを投げるにしては、一週間は余りにも短い交渉時間だ。

パラシュートを後で回収できるよう、一箇所に纏《まと》め、カムフラージュ・ネットを被せた上で、GPS発信器を設置する。

ナビゲーションを行い、GOV車内でガルこと待田晴郎《まちだはるお》二曹が作成中の地図を一部ダウンロードする。

ここからは山岳地帯を、山の反対側まで徒歩移動になる。予定では、六時間で一五キロの獣道を走破し、夜明け時に突入することになっていた。

老人は、あちこちに狩猟用の罠や、ゲリラが仕掛けた地雷もあるので、絶対に自分が歩いた跡から外れないでくれと言った。

彼の日本語は流ちょうだった。少し癖《くせ》はみられるが、ほとんど綺麗な東京弁だ。つい最近まで、仲間が何人か生き残り、彼らとの会話は日本語だったらしい。

また、短波ラジオで毎日NHKを聞いているので、日本の情報にもそこそこ通じているとのことだ。

台風接近の情報は、現地人よりNHKの方が早いので、彼の持つ情報は、村人に重宝されていると話していた。

司馬が「ほんの一〇年前、この地域から、旧日本兵が現地行政機関に何人か投降したはずだが？」と尋ねると、彼はこう答えた。

「それは、自分の戦友と上官です。私も、こっちで身を固めた女房もとうに死んでいますし、もし身寄りがあるなら、国に帰ろうかと思って、その時、投降した戦友に調べてくれるよう頼みました。半年くらい経って、村の長の所に電話がかかってきて、親兄弟の墓《はか》を見付けたと。また、親族に自分が生きていることを伝えはしたが、帰ってきてほしい感じではなかったと彼から告げられたんです。それで、諦めました。ここには、孫や曽孫もいる。土地を離れても、良いことはない」

「今は、何人くらい日本兵が残っているんですか？」

「はあ……。もう三人に減りましたかな。この三人も、棺桶《かんおけ》に片足を突っ込んでいるような奴らばかりで、自分のように一人で出歩ける者はおりません。三人分の元気をもろうて生きている感じです」

考えてみれば、年齢的にはもう九〇歳前後のはずだった。終戦を知ったのは、戦後三年間経過した後のことで、その間、山岳民族と一緒に渓谷地帯にせっせと洞穴を掘って過ごしたそうだった。


「幸い、山の幸には恵《めぐ》まれております。川には魚がいるし」

「その三八式歩兵銃の弾は、どうやって入手を？」

「ご存じかどうか、フィリピン人はこういう鍛《か》冶《じ》仕事が得意でしてな。年一回、特別に発注して買うとります。この島には毒蛇《どくへび》はおりますが、猛獣《もうじゅう》はワニくらいなので、狩猟以外で撃つことは滅多にありませんが」

続いて聞いた、アブ・サヤフを巡る話はやっかいだった。

最近、組織内に若い司令官が登場し、噂では、古手の司令官を暗殺してのし上がったというその男は、残忍な性格で部下や村々を震え上がらせ、学校近くの道に仕掛け爆弾を仕掛けては子供たちを爆殺。村人に恐怖を与えたり、村々から少女を誘拐《ゆうかい》し、中東へと売り飛ばしているという話だった。

「一四歳になる曽孫も一人、半年前、奴らに誘拐されました。噂では、数が揃うと、ダバオへ連れて行かれ、沖合いで中国の密航船に移されて中東まで運ばれるらしいです。せめて、どこかで無事でいてくれればと思いますが……。狡猾にも奴らは、目立つ様なことはせんのです。一つの村で、女を何十人も一度に誘拐してニュースになるようなことはしません。一つの村で、あくまでも一人。目立たないよう、農作業の行き帰りに誘拐する。専門の誘拐部隊がいるという噂もあります」

「軍は、掃討《そうとう》しないのですか？」

「ルソン島や、観光地のセブ島ならやるんでしょうが、ここは何しろ僻地《へきち》も僻地です。そこまでする価値は無いんでしょうな。掠われたのはNGOというんですか？　連中は、危険な中でよう働いてくれました。子供たちに読み書きや公衆衛生を教え、台風で崩《くず》れた山道があると聞けば木道を整備し、学校に井戸を掘り、そらもう立派なもんでした。ただ、ゲリラの動きがあったので、村の長も自分も、せめて軍の護衛くらい付けてくれるよう頼んだのでありますが、それがむしろゲリラの反感を招くからと……。ああいうところは、ちょっと純粋すぎましたな。青年がおったんです。木村《きむら》というんですが。一緒に働いていた誠美《まさみ》さんという女性と、仲が良さそうだった。あれは一年ほど前だったか……。裸足《はだし》で遊んでいて、うっかり釘《くぎ》を踏み抜いた子供がおりましてな、珍しいことじゃないから、親は放っておいたら熱が出て下がらなくなったんです。もちろん医者などおらんし、男たちは山へ猟《りょう》に入った直後だったんで、木村君はその子を背中にくくりつけて、一〇キロも山を下って車がある場所まで連れて行ってくれた。なかなかの好青年でした。それが半年くらい前から、たちの悪い連中と付き合うようになり、いつの間にかアブ・サヤフに肩入れするようになった。——人間ってのは、わからんものです」

「では、貴方が交渉してらっしゃるのは、その木村さんなのですか?」

「ええ、そうです。彼が、誠美さんらを誘拐させた。二人はてっきり、国に帰ったら所帯《しょたい》を持つんだろうと思ってたんですが……、二人の間に何かあったのかと尋ねたら、ただ、世界のこの状況に疲れたんだと言うとりました。根は悪い男じゃなかったんでしょうが、まあ、豊かな日本からこんな貧《まず》しい所に来れば、絶望を抱きたくもなるでしょう。説得はしたんですがね……」

「もう一人、日本人女性がいましたよね?」

「はい。観鈴《みすず》さんです。この人がまたよく気がつく人で、誠美さんより年上のはずですが、どちらかといえば、誠美さんがあれこれ指示を出して、観鈴さんがそれを実行するという感じでした。いつも誠美さんの後ろに控《ひか》えていて、滅多に誠美さんより前には出ないんです。ある日、たまたま余所の村を通りかかった時、観鈴さんが誠美さんの前を歩いているところを見かけて、後で尋ねたんです。あんた、珍しく誠美さんの前を歩いていたね、と。そしたら、『だって、対人地雷とかが埋められていたら困りますでしょう』と。いや、それを踏んで死ぬのはあんただよ、と疑問に思ったのですが」

話を聞きながら、司馬は道中、土門に「犯人グループに日本人がいたなんて初耳よね……」と無線を送った。COVのキャビンの中で、土門は、こちらが報されていないことは、いろいろありそうだと考える。

COVは、基本的に市街戦用の装備だ。戦場には、九六式装輪装甲車を改造したCOV二式を持ち込む。トラックを改造したCOV一式は、居住性において二式より優れ、またスペースも広く、もちろん軽量でもある。指揮車を地上に降ろせない場合、また空中待機で無線中継所が必要な場合は、通信機器を搭載したまま輸送機に乗り込みそのまま上空で運用するために開発された。小隊毎に一式と二式が二両配備されている。

車両は、基本的には、二四時間スタンドアローンで稼働するようバッテリーを装備していたが、その時間を超えても稼働できるよう、ポータブル発電機や太陽光発電、機内で使用するための燃料電池一式も別途携行できる。今、機内では、機体後部に置いた燃料電池ユニットでシステムが動いていた。いざという時は、大型パラシュートでCOV一式を空中投下することもできる。

COVのキャビン前方には、ベッドを兼ねたソファ付きの作戦用デスクが暗幕で、システム・ルームと隔《へだ》てられている。

そして赤い暗視照明のシステム・ルームは、左右両サイドの壁際にモニターと操作コンソール、そして背中合わせのシートが並んでいた。

右側の壁には、UAVの操縦コンソール、その映像をチェックするモニターが横に二台、左側の壁には、通信コンソールが二台、そして映像以外のレーダーや音響センサーのコンソールが一つある。つまり、背中合わせに、六名のセンサーマンが配置に就いているのだ。

そして土門は、作戦用デスクで、運転席を背にしてコンビネーション式のソファを閉めた状態で作戦図を見ていた。その作戦図も紙ではない。

テーブル自体が、五〇インチのディスプレイ・モニターで作られているのだ。

そのモニターに、待田が作った付近の3Dマップが投影されている。

目指すべき敵基地と、今も徒歩で前進中の部下たちが青い旗で表示されていた。まるで3Dゲームを遊んでいるような錯覚《さっかく》に陥《おちい》る。

だが、現実はゲームより厳しく、任務は困難だった。

これが通常の人質救出作戦なら、努力はしたが人質は不幸にして救えませんでした、という状況もありうる。

だが今回は、それが決して許されない任務だ。

〝レディ17〟は作戦名ではなく、暗号名だ。

彼女が生まれたその日から、その暗号名が付けられた。部隊でも、最高度のクリアランス許可を与えられた隊員だけが、その正体を知っている。

土門は、しばらく地形がフラットになったところを見計らい、司馬に〝レディ17〟に関してブリーフィングするよう命じた。姜には、まだ報せるわけにはいかなかった。さすがの土門も、まだそこまでの権限は持っていない。

　司馬は、土門小隊ナンバー2の最上級下士官、ファームこと畑友之《はたけともゆき》曹長の後ろを歩きながら尋ねる。

「ファーム、そう言えば貴方、彼女を泣かしたのよね？」

「勘弁してください、隊長。あれは、任務だったんですから。それに、泣かせなきゃ訓練にならないでしょう」

「この人、一二歳の少女にすっぽり目隠しの頭《ず》巾《きん》をかけて、耳元で一〇分も怒鳴り続けたのよ。あたし、二分くらいで止めるかと思ったけれど。きっとあれ、トラウマになったはずよ」

「でも、一五歳の訓練では、彼女は顔色一つ変えずに耐え抜いたし、一八歳で初めてＡＫを撃った時には、結構楽しそうでしたよ。確実に成長していた。われわれの訓練は効果があったはずです」

　司馬の後ろでその話を聞いていた原田は、訳が分からない……という顔で立ち止まった。

「すみません。誰の話をしているんですか？　その人質と、この部隊は何かの面識があるんですか？」

「ごめんなさいね。貴方はそれを知るクリアランスをまだ持っていないのよ。ちなみに、この訓練の元は、英国空挺特殊部隊《SAS》から導入した殺戮の館《キリング・ハウス》訓練が原形よ。英国では、王室関係者、政府高官とその家族が受ける人質体験訓練です。でも彼女は当時、現職大臣のお嬢様《じょうさま》だったから、その訓練を受けたのよ」

　原田は、恐ろしくなってそれ以上のことは聞けなくなった。即座に話題を変える。

「……敵は、人質が誰かを知っていて誘拐したんですか？」

「身代金の金額を考えると、そうでしょうね。父親の一族は超が付く資産家だし。だから、われわれの作戦に失敗は許されない」

「政府は、どうして金で解決しないんですか？父親は、そのお金を出せないんですか」

「そうよね。その後、総理大臣まで務めた父親の資産なら、銀行はポンと貸すでしょう。ムスリムのテロに神経を尖らせるアメリカから横槍が入ったとか、そんなところじゃないかしら。これがレディ3とか5、ジェントル3とかだったら、SEALSとか出動させて、恩を売ってくるかもしれないけれど」

キタングラッド山の標高一五〇〇メートル地帯に、その渓谷はあった。上部からアプローチする予定だったが、ルート上に、敵が歩哨所を設けているとのことだった。

スキャン・イーグルで何度捜索しても、ほとんどその気配が無い。だが、老人の話では、常時最低でも八名がそのルートを見下ろせる場所に陣取っているとのことだった。

辺りは、拓けた場所がそろそろ終わり、ジャングル・キャノピーになっている。高さ二〇メートルを超える鬱蒼とした木々が生《お》い茂《しげ》っていた。

スキャン・イーグルで二〇分近く探ったが、そこに人間がいそうな気配はない。だが老人は、そこには櫓《やぐら》が組んであり、四人はその上に詰めていると言い張った。

六〇〇メートルほど手前に拓けた場所があり、その空間は二〇〇メートルは続き、敵はそこを狙って、夜中でも四〇〇メートルの距離から狙撃してきて、最終的には命中させるとのことだ。

　司馬はそこで、持参したクワッド・コプター型UAVを飛ばした。モーター音を聴かれるおそれがあったが、そのモーター音は、熱帯地方に棲息《せいそく》する、ある種の夜行性の蛙《かえる》の鳴き声に似せてあった。

　そして二〇〇メートルまで接近した所で、ようやくそこに櫓があり、兵士が詰めていることに気付いた。

　その基地は、〝ワニの口〟から二キロと離れていなかった。銃やロケット弾を使えば、その音を渓谷地帯の敵に察知される。ここで老人が、しばらく待てと告げた。

　昨夜は風もなく、この高度なら、まず間違いなく夜明け時に霧《きり》が張る。敵基地の攻略は完全に日が昇ってからになるが、霧に紛れて櫓に接近し、接近戦を仕掛けるのが妥当《だとう》だろうと老人は提案した。

　司馬はその作戦に乗り、夜が明けて霧が出るのを待った。意外に深い霧で、視界は三〇メートルほどまで落ち込んだが、こちらにとっては好都合だ。

　ピストル狙撃もうまいリザード&ヤンバル組が前進。サプレッサー付きのピストルで、まず掘っ立て小屋の中で寝ていた四人の兵士を射殺し、一五メートルほどの高さに組まれた櫓の上でうたた寝していた四人も、囮《おとり》を使ってわざわざ起こした上で全員射殺した。

　無線機が使われた形跡は無く、ここまでは成功だ。

　敵の本拠地は、いざ着いてみると、とんでもない場所だということが判明した。

渓谷の頂部は鬱蒼《うっそう》としたジャングル。細い所は、対岸までほんの二〇メートルもない。それでいて深さは一〇〇メートル前後もある。

米軍が手を出せないわけだと、原田は理解した。

ＧＰＳ誘導爆弾や誘導ミサイルで岩棚を引っ掻くことはできても、その壁に穿《うが》たれた洞窟を破壊することは無理だ。

極めて強力な地中貫通爆弾《バンカー・バスター》を使えば、破壊も不可能ではないだろうが、穿たれたトンネルの数を考えると、あまりにも非効率すぎる。

老人の話では、南北二〇〇〇メートルにわたり、試掘レベルも含めて三〇〇本もの洞窟を掘り、中心となる洞窟の何本かは、奥で繋がっているという。

老人が描いてくれた手描きの地図を頼りに、アプローチ・コースを何通りか確保することにした。

ゲリラ兵らは渓谷の上から、竹で作った、階段というか梯子《はしご》を船のタラップのように上げ下ろしして、崖の中腹にある洞窟と行き来している。

今、そのタラップは崖上にあり、見張りがこれも巧妙にカムフラージュされた小屋の中で、その梯子を守っている。

部隊は、トンネルの何本かにラペリングでアプローチする手はずだった。だがその前に、人質がどこに捕らわれているかを探らねばならない。

老人の話では、元々、旧日本軍が牢獄《ろうごく》用として掘ったトンネルがあるということで、そこだろうと目星を付け、持参した二重反転ローターの小型UAVを使うことにした。

まず、崖上の見張りを音もなく排除し、朝飯の準備を始めたらしい洞窟のゲリラ兵たちの頭上で、ラペリング用のロープを合計八本下ろし、それぞれを太い木の幹《みき》に確保した。

降下直前、UAVを、その牢獄用トンネルの下からゆっくりとトンネル開口部に上げさせた。赤外線カメラが、トンネル奥に柵状の構造物を捉える。カメラをズームさせると、明らかに女性とわかる人間二人がいた。一人はベッドらしき代物に横たわり、一人は、それに腰掛けている。ベッドに横たわる女性が、酷い熱を出していることもわかった。

兵士は四人。UAVに気付いて、出口へ向かってきたので、急いでUAVを降下させた。敵が、それをUAVの一種と認識したかどうかは不明だ。

次の瞬間、一斉にラペリングで降下を開始する。すぐにフラッシュバンにスタングレネード、そして手榴弾を放り込み、まずメインホールで朝食をとろうとしていた兵士たちを一網打尽《いちもうだじん》にした。

それから、牢獄の両サイドから突入する兵士が、ロープに掴まったままフラッシュバンを投げ込む。これは、うす暗いトンネルの中にいたゲリラには強烈だった。数秒間、視界が奪われている隙に、突入した兵士が、ピストルで精密射撃して倒した。すぐさま牢獄を確保する。

その後、メインホールと洞窟奥で繋がれた南北の洞窟にC4爆薬を放り込み、ゲリラ兵を一掃した。

ドンパチは、ほんの二分も続かなかった。敵の反撃は無いに等しく、テロリスト一人一人にトドメの一発を撃ち込んで作戦は完了した。

その中には、木村と思しき日本人もいた。最初の手榴弾攻撃で即死したようだ。

そして、敵の司令官の死亡も老人が確認した。

畑曹長は、敵兵が全員戦死したことの確認を取ってから、牢獄の床に伏せていた人質に向かって、「安全を確保しました。今、鍵を壊しますから、しばらくお待ちください」と告げた。

柵と言っても木製で、蹴破《けやぶ》ろうと思えば簡単に破壊できそうな柵だった。鍵も錠前ではなく、ただ扉部分を紐で結んだだけの代物だ。

バヨネットでそれを切断して扉を開く。

「遅くなりまして、お嬢様。崖上へ出たら、衛星電話を繋いで、お父上とお話しください」

「その声は、畑さんね。目がまだ良く見えないの。あまりに暗い所に長いこと居すぎたせいで。貴方が施してくれた厳しい訓練のお陰で、今日まで正気を保って過ごせました。メディックはいるかしら？　彼女は脱水症状が出て酷く弱っています。早く、救命措置ができる所まで連れて行っていただかないと」

「問題ありません。ただちに治療を開始します」

ここからは、原田の出番だった。

たった一週間の監禁とはいえ、一人はガリガリに痩《や》せ細り、すでに意識も無い。

原田は、ただちに輸液を始める。

「ところで、現地人スタッフの人質はどこですか？」と畑が問うた。

「昨夜、全員、解放されました。木村君が、日本人の二人さえいれば、現地人の人質は要らないだろうと司令官と交渉してくれて。……彼は、無事ですか?」

「申し訳ありません。攻撃に巻き込まれて。しかし、スタッフの一人は処刑されたのではないのですか? 生首が、村に届いたとか」

「いえ。それは、司令官から聞きましたが、何でも自然死した老婆《ろうば》の生首を掘り返して届けたという話です。誰も司法解剖なんかしないから、それが若い娘の首かお年寄りのかは気にする必要は無いと。……そう、木村君は亡くなったの。絶対にうまくいかないと説得したのに、もう引き返せなかった……」

「残念です」

それから起こった事態を、原田は今でも苦々しく思い出す。


救助者を安全に崖上へ吊り上げるための準備を皆が始めた時、灯りが差すトンネルの入り口付近から、老人の声が聞こえてきた。何かをしきりに詫びているようだった。

それを彼女が、「事情は、司令官から聞きました。貴方のせいじゃありません」と慰《なぐさ》めていた。

その次に聞こえて来たのは銃声。土下座《どげざ》姿の老人は、腰に差し込んでいた南部式ピストルを抜き、自らの腹に向けて引き金を引いたのだった。誰も反応する余裕は無かった。

「なんてことを――!」と叫び声が聞こえる。

だが老人は、呻き声ひとつあげずに立ち上がると、そのまま三歩後ずさり、四〇メートル下の崖下へと落ちていった。

後に聞いた話では、そのアブ・サヤフ部隊の司令官は、老人の孫だということだった。

　父親は、四半世紀前、日本に出稼ぎに出たものの、工事現場の事故に巻き込まれて事故死。不法就労だったため、慰謝料も無く、遺体を引き取ることもできずに、その息子は豊かな日本と貧しい祖国を恨《うら》んで成長し、ゲリラ活動に身を投じたらしい。

　司馬は、老人の遺体の回収を命じ、道すがら老人が司馬に語っていた約束を果たすべく、左手の小指を切り離して日本に持ち帰った。

エピローグ

——大広間での事情聴取は終わりに近付いていていた。

「原田君、君の治療は極めて適切で迅速《じんそく》なものだったと、大使館から派遣された医師が報告していた。もう数時間措置が遅ければ、助からなかっただろう、と。君たちは、あの地域に君臨していた、最も過激なテロ組織を壊滅させた。この功績は大きいぞ。非公式ではあるが、フィリピン政府より感謝の表明があった。また、山田二等兵に関しては、生前の彼の遺言通り、その骨の一部を伊豆《いず》半島の、とある墓地に埋葬《まいそう》した。本人の希望を聞き入れて、富士山《ふじさん》が見える良い場所だ。彼の遺族には、本来彼が受け取るべきだった年金と、政府からの弔慰金《ちょうい》が若干支払われることになる。まあ、そんなところだ」

と言ってファイルが閉じられた。

「質問をよろしいですか？」

後ろで、土門が「止めろ」というように咳払《せきばら》いした。

「構わんよ」

「木村青年の扱いは、どうなるのですか？　彼は決してテロ行為に加担したわけでも、ゲリラ兵にシンパシーを抱いていたわけでもありませんでした。彼はおそらく、山田二等兵と結託《けったく》して、その組織を潰す目的でもって、いわば狂言誘拐を企《たくら》んだにすぎません。死を覚悟した上で」

「だから何だ？　狂言も何もないだろう。現に人質は死にかけたじゃないか。結果としてあの地域に平和が戻ったからといって、それは彼の功績なのか？　仮に、君が信じるようなストーリーがあったとして、それを真相として遺族に伝えることが正しいと思うのかね？」

「……いえ。何が正しいのか、自分には判断しかねます」

「確信が持てないことに、首をつっこまないことだ。全ては、闇《やみ》に葬《ほうむ》られる。人質事件は起きなかったし、もちろん、自衛隊は国外に出てもいない。あの青年は、NGOとして活動中に、不幸にして行方不明になったのだ。誰も消息を知らないが、遺族は、せめてどこかで生きていてくれれば、という希望を胸に過ごす。それだけのことだ」

突然、大広間に灯りが戻った。

全てのシャンデリアに灯が灯り、廊下を、白手袋をした集団とSPが急ぎ足で歩いてくる。

土門が弾かれたように立ち上がり、「全員起立！　前へ、気を付け——！」と命じた。

〈「LADY17」終わり〉

オペレーションE子

　その日は、朝から台風接近にともなう警報が出ていたせいで、関東一円の自衛隊部隊全てに待機がかかっていた。

　日の丸を降ろす時刻が過ぎても、非番の者は自宅や官舎待機、基地内の者は内務班待機となり外出許可も取り消された。

　サイレント・コアは、古ぼけた木造の隊舎を改築し、一部二階建て構造にした内務班を編制していた。そこに、二個小隊から選抜した一二名が、さらに二班に分かれて夜勤として三段組ベッドが向き合う一部屋に泊まる。

　誰かが冗談めかして「松《まつ》の間《ま》」と名付けた六人部屋は、隊舎中央の玄関を入って右手奥のトイレ脇にあった。もうひと部屋の「スウィート・ルーム」は、建物の左手奥にある隊長室から指揮通信室を隔《へだ》てて、いざ緊急時になれば、隊員がすぐ飛び起きて隊長室に駆け込める場所にある。

　その夜は、二〇時を回ったところで、突然「台風訓練」が発令された。

「松の間」でゲームに興じたり、読書やネットをしていた隊員たちは、「マジかよ……」とぼやく。

「台風訓練」とは、台風が部隊を直撃したという前提で、一晩を過ごす訓練だ。

　当然、室内は停電となり、携帯の電波は届かず、ネットも繋がらない。

　トイレも流せないという設定なので、大は我慢、小はペットボトルへ。

エアコンは、元から無かった！

その夜の班長を務めるダックこと阿比留《あびる》憲《あきら》三曹が、「ロウソクを出してくれ」と誰かに命じる。

蚊《か》除《よ》けの成分が混じっているこのロウソクは、強烈な臭いがするものだが、しょうがない。

ベッドに挟まれた細長いテーブルの上に、いつものように茶菓子《ちゃがし》が広げられると、阿比留がテーブルの下から、この訓練時だけに許されているビールの六缶ケースをテーブル上に置いた。

「さあ、サイレント・コア恒例《こうれい》、台風訓練怪談《かいだん》話の時間だ。まあ、酒でも飲め」

「って、それノンアルコールじゃん……」

アイガーこと吾妻大樹《あづまだいき》士長が愚痴《ぐち》りながら、一本を手にした。

「ビールはビールだろ。そう思って飲め！　さて、今夜のお題は、身の毛もよだつホラーな物語だぞ。しかも、決してフィクションではない」

と阿比留がおどろおどろしく語り始めた。

「ただし、本人たちの名誉《めいよ》のために、名前は敢えて秘すことにする。主人公は仮に、シェフとベビーフェイスと呼ぼう」

「いや、それ、仮じゃないから。だいたい、ベビーフェイスは長いし、舌を噛《か》むから変えろって話はどうなったの？」

「知らん。俺は奴らの子守りじゃないからな。じゃあ、いくぞ——それは、遠い遠い昔……」

「おい、そんなに古くはないはずだぞ。あいつらは、まだここにきて三年経ってないじゃん」

「そうか？　じゃあ、割と最近だったかもしれないってことにしよう。——さて、ある架空の部隊に、座学を一通り終え、いよいよフィールド訓練へと出る二人の新人隊員がいた。ある日の午後、説教部屋にその二人が呼び出された」

ちなみに各班の班長がデスクを並べる先任下士官室、別名〝説教部屋〟は、二部屋ある各小隊の講義室兼オペレーション・ルームの真ん中にある。

「その日はたまたま、キャッスルと、二人を監督するボーンズしか部屋にいなかった……」

キャッスルこと大城雅彦《おおしろまさひこ》一曹は、二人の新人隊員を前に、プリントアウトしたサービスサイズの写真を一枚差し出した。一部が欠けている。

「いよいよ今夕から、行確訓練を行う。正確には、『対象者行動確認技術習得訓練』。ひらたく言えば、尾行訓練だな。グレードは、EからAまである。最終訓練のAランクでは、中野《なかの》にある警視庁公安部の秘密基地に張り付き、公安警官を尾行することになる」

「公安を、ですか？　いいんですか？　そんなことをしても……」

シェフこと赤羽拓真《あかばねたくま》士長が尋ねた。

フィールドに出ると、昆虫《こんちゅう》からは虫類まで、生きているものは何でも食べる。その調理方法に通じていることから、シェフと名付けられた。

「向こうだって、基地前に張り付いて、同じことを仕掛けてくるんだ。ソープランドを出た直後の写真や、競馬場ですってんてんになった直後の写真とか、わざとらしく警視庁の封筒に入れて、匿名《とくめい》で送りつけてきやがる。しかも撮られた隊員の宛名付きだぞ。比嘉《ひが》なんざよ、キャバクラで姉ちゃんの胸元に手を突っ込んではたかれている瞬間を盗撮《とうさつ》されて、玄関にある〝恥《ち》辱《じょく》の壁《かべ》〟に一ヶ月も写真を貼られる羽目になった。まあ、訓練がBランクに入る頃には、そういう難しい課題もこなせるようになる。で、とっかかりはこれだ。何の苦労もないぞ。普通の一般人を駅で待ち伏せし、彼女の駅と学校との往復をただ尾行して報告するだけだ。盗聴も盗撮も一切不要！　身元を洗い出す必要すらない。単に、素人《しろうと》を尾行するだけ。それを一週間続けてもらう」

「それで訓練になるのでありますか？」

　とベビーフェイスこと小田桐《おだぎり》将《しょう》一士が尋ねた。

「角の曲がり方、対象者との距離の取り方、リバーシブルなジャケットをどのタイミングで引っ繰り返すかなど、基本中の基本が身につくぞ。それに、素人だからと甘く見るなよ。場合によっちゃ、痴漢《ちかん》やストーカーと間違えられて一一〇番通報されるからな」

　大城は、対象者の写真を見せた。

　盗み撮りや望遠レンズで撮ったものではなく、何かの記念写真から、彼女が写っている部分だけ切り取ったような感じだ。その証拠に、ブレザーの制服姿の女の子の目線はカメラのレンズを見て微笑《ほほえ》んでいた。

「他に誰が写っていたんですか？　それにこの子、結構可愛《かわい》いですよね」

「気にするな、というか、それは考えるな!!　写真は、たまたま入手したものだ。――今回は訓練上、禁止されていることがある。まず、対象者の会話を決して盗聴してはならない。それが可能な距離に接近してもならない。これは君らの安全のためだ。彼女の姓名や居住地の詮索《せんさく》、または突き止める行為も行ってはならない。これは対象者の安全のためだ。君らが万一、何かの秘密を握り、後で脅《おど》しにいかないとも限らないからな。そこはアウトだから気を付けろ」

「違法行為にも目を瞑《つむ》るわけですか？　たとえば、この娘《こ》が出会い系サイトで年のいったオヤヂとホテルにしけ込んでも、知らん顔をするんですか？」

「いやいや、この娘《こ》に限ってそれはない」と大城は笑った。

「はあ？」

「いや、何でもない。今のは取り消す。とにかくこの対象者、仮にE子さんとしよう。その行動を監視しろ。彼女が登校して正門をくぐったら、君らは戻ってきて通常の稼業をこなす。そして彼女は部活くらいやっているだろうから、それが終わる頃にまた学校へ戻り、自宅の最寄り駅まで尾行する。……そうだな、その最寄り駅から五〇〇メートル離れるまでの尾行は許可しよう。だが、五〇〇メートルまでだ。決して、自宅の在処《ありか》は探らないこと。なお、君らの安全のために、ボーンズが離れた場所で同行する。君らが正門前にいる時は、近くのファーストフード店で彼は暇を潰すことになる。また君らの行動を確認するため、別のAランク保持班が君らを尾行することにもなっている」

「もし、その別班と出くわした場合は？」

「それだけは絶対にあり得ない。君らは素人。向こうはプロだ。まあ、万一気付いたら、気付かなかったふりをしてやれ。そんなわけで、相手が毎日同じルートを歩くからと、尾行をサボったりしたらすぐばれる。詳しくは、ボーンズから聞け」

これは、ちょろい任務のはずだった。

相手は女子高生。名門の進学系女子一貫校らしいが、学校があるのは市川《いちかわ》。彼女が住んでいるのは、習志野《ならしの》のすぐ隣、船橋《ふなばし》らしい。

こちらは、朝は基地から自転車を飛ばして最寄り駅まで向かい、そこから一緒に電車に乗り込む。ただし隣の車両に。

駅から学校までは、登校する他の生徒に紛れて尾行すればいいのだ。

帰りはちょっと大変だった。その駅の利用者の七割はその一貫校の女子生徒で、夕方ともなれば、人の流れは一方的になる。

その中で、大の男二人が、女子校の周辺をうろちょろするのは大変だからだ。

結局、学校の正門から五〇〇メートル以上離れた場所に陣取り、時々単眼鏡で正門を出てくる女生徒の顔を確認する羽目になった。

季節は秋。日の入りが早くて顔が確認しづらい。

だが収穫もあった。彼女の持っているスポーツバッグを見ると、学校のロゴだけでなく「合《あい》気道《きどう》クラブ」と書いてあったのだ。

こんな頭の良い名門私立に通い、しかも合気道を嗜《たしな》むなんて、きっと自分から自衛隊とは全く無縁なお嬢様なのだろうと二人は考えた。

ところが、そんな二人は、初日に早くもへまをやらかしてしまう。

電車の乗り継ぎ時に、対象者の姿を見失ったのだ。二人共、この辺りの鉄道路線に詳しいわけではない。乗り継ぎで撒かれたことくらいは、仕方無いことだと言い聞かせ、帰りの駅で待ち伏せすることにした。

しかし、いくら待っても、彼女は電車を降りてこない。二十二時を過ぎたところで、お目付役のボーンズこと姉小路実篤《あねこうじさねあつ》三曹が撤収を命じた。

だがその翌日、E子はいつもの明るい顔で駅に現れ、いつもと同じように学校に通い、授業と部活を済ませて電車に乗り込んだ。

今度は、お目付役の姉小路が助け船を出す。

先回りして、乗り換えそうな電車に足をかけていた。E子は、帰宅ルートとは全く別の路線に乗っていたのだ。そして、自宅から決して遠いわけではないが、別の路線の近くの駅で降りる。

E子は、駅に近い児童館に入っていった。

この児童館は、夕方以降、小中学生が塾《じゅく》代わりに立ち寄り、ボランティアの学生から勉強を教わっているらしい。

正門が見渡せる公園のベンチに佇みながら、

「まあ、良かったよな。尾行をまいて男と遊んでいるとかじゃなくてさ」と、シェフが捕まえたコオロギの脚と羽根を剥《む》いて、くしゃくしゃ食べながら言った。ぞっとする音だ。

「……もう高校生だろう。男と遊んだからといって、責められないと思うけどな」とベビーフェイス。

「だいたいこの児童館も、それなりに偏差値《へんさち》が高い有名大学生とかが、ボランティアで教えているんだろう？　なんか、イケメンな連中が出入りしていたじゃん。そんな奴らはきっと、勉強を教えるとか言いながら、ボランティアに憧《あこ》がれてやって来るぢょち大生や高校生を喰おうとか思っているんだぜ」

「うぉー！　そうなのか⁉　大ガキ生て、そんなに美味しかったのか！」

「まあ餅付けよ……」

ところが、その夜も、彼らは酷い目にあった。午後九時に児童館の電気が消えた後も、彼女だけは出てこなかったのだ。

翌日、同じように部活後、電車を乗り換えて児童館に直行した彼女は、一時間もすると裏口から男と出てきた。

なんと、男と出て来たのだ。

案の定、イケメン大学生と一緒に、だ。二人はしばらく歩いて、誰にも見られていないと思ったのか、すぐ手を繋いで肩を寄せ合った。

「あんな軟弱《なんじゃく》な大ガキ生！　俺なら小指一本でたたきのめせるのに……」と、ベビーフェイスは嘆いた。

「まあなぁ、あんなに可愛いんだ。そりゃ寄ってくる男はいるだろう。嘆くな。お前の人生はまだ始まったばかりだぞ！」

「……もう、帰ろうぜ。あんな可愛い子が、大ガキ生の毒牙《どくが》にかかって、このままラブホにしけ込む姿を見るなんて、俺には耐えられない。今夜も見失ったことにしよう！」

この後、二人は彼女の姿を見失った。

住宅街の中を右へ左へと歩いている間に、本当に見失ってしまったのだ。

その町にあるラブホ街に先回りし、日付けが変わるまで粘《ねば》ったが、彼女の姿を目撃することは適わなかった。

そして四日目。

またしてもフェイントを食らう。

E子を児童館まで見送った後、ベビーフェイスが素早く裏口側へ回ったのだが、その日、とうとうE子は児童館から出てこなかった。

つまりは、ベビーフェイスが裏口へ回る僅かな時間で館内をすり抜け、先に抜け出していたということだ。

その証拠に、その夜は、あのいけ好かん大ガキ生も現われなかった。

そしてとうとう、姉小路は、バックアップ・グループの加勢も借りることにした。いきなり、切り札のガル&リザード組にバックアップを依頼したのだ。

ガルこと待田晴郎《まちだはるお》二曹は、当時部隊に試験配備が始まったばかりの掌《てのひら》サイズの二重反転ローターの超小型UAVを持ち出し、リザードこと田口芯太《たぐちしんた》三曹は、大ガキ生を駅で待ち伏せ、すれ違い様にコートのポケットにGPS発信器を忍び込ませた。

すると、奇妙なことが起こった。

その夜、彼女は三〇分ほど児童館で過ごして正面玄関から外に出ると、普通に帰りの電車に乗り込んだのだ。

だが、自宅の遥か手前、繁華街《はんかがい》で降りて、男と待ち合わせた。これは今度こそ、ホテルへ直行か⁉ と追跡班は色めき立ったが、彼女はそのまま住宅街へと消えて行った。

しかも、男とは別れて。

挙げ句に、彼女は住宅街をうろうろし始める。男の方も近くにいたのだが、彼女とは一定の距離を取っていた。

尾行がばれていることは、これで明らかだった。

今夜はもう駄目だ。作戦は中止すべきだと待田が進言した時、事件は起こった。

ヘビーフェイスが、突然暗闇から現れた男たち四人組に囲まれたのだ。あっという間だった。

これがガルやリザードなら、四人の男くらい瞬時に叩きのめすだろうが、新人隊員にそんなスキルは無い。

そして相手は、私服警官の集団だった。

何かこの地域で頻発している婦女暴行事件を警戒中だという。

ベビーフェイスが「あーうー」としどろもどろになっていると、ようやくガルが駆け付けた。

ガルは、ただちに状況を理解して、自衛官の手帳を見せた。そして、自分らは警務隊の者であり、部隊外の活動は、地元警察に仁義を切るべきだったが、この事件の容疑者が部隊関係者である可能性があったため、敢えて極秘捜査していた。彼は、探す側であり、容疑者ではないことを理路整然と説明する。

そうこうしているうちに、近くから悲鳴が上がった。それも女ではなく、男の悲鳴だ。

全員が一斉に走り出す。

各自、一〇〇メートルほど路地をあちこち回ってやっと現場に辿り着くと、例の大ガキ生が地面に座り込んでいるのが見えた。

腰が抜けた様子で茫然《ぼうぜん》としている。

そして、E子の方はというと、地面に転ばされたもう一人の男の上に馬乗りになり、男が被っていたフードを首に巻いて締め上げているところだった。

待田と田口は、すぐE子の正体に気付いたらしい。

私服警官がきょとんとしている横で、直立不動で敬礼した。

「失礼しました！　恵理子お嬢様――」

待田が、「さっさとお前らも敬礼しろ！」と命じて、大の男五人が全員敬礼すると、事情を知らない警官隊までが、横に並んで敬礼した。

「え？　待田さん⁉　……これは、父の差し金ね？」

「いえ、とんでもございません！　自分らは、偶然、通りかかったまでです。何しろここは基地に近いので、みんなでこれから同僚の部屋に飲みに行く途中であります。それにしても、さすがお嬢様です」

聞けば、この近所に住む彼女の同級生が、この暴行魔の被害にあったらしい。

幸い、偶然通りかかった人間に助けられ、首を絞められた程度で済んだそうだが。

そこで、腕におぼえのある彼女が、児童館で知り合った男を色気で落とし、ガードマン役に仕立て上げ、また自らを囮《おとり》として、毎晩この辺りを巡回していたということだった。

彼女は、父親が尾行を付けたことを猛烈《もうれつ》に怒っていたが、ガルがここでも交渉力を発揮し、その大学生の存在は黙っておくということで、この件とバーターにして、双方が無かったことにする約束にした。

警察も、犯人捕縛に繋がったこともあり、われ関せずということにしてくれた。

正直、その大学生との関係は怪しいもんだ、てか絶対やっているだろうＷ！　というのが、ベビーフェイスとシェフの主張だったが、それは姉小路が飲み込ませた。

後日、大城は土門隊長にその事態を報告した。

「ここしばらく、やっと早くに帰ってくるようになった。娘をもつと、心配の種が尽きんよ。で、男の影は、本当に無かったんだな？」

「はい、全くその気配はありませんでした。それどころか、毎晩児童館に立ち寄り、塾通いのできない恵まれない子供たちの面倒を熱心にみて、それはもう、ご両親の教育の良さが見てとれる、立派なお子さんに成長されております。報告書をご覧になりますか？」

「いや、それには及ばんよ。まあ、最近、隣街を震え上がらせていた婦女暴行犯も捕まったそうで、親としても一安心だよ。ご苦労だった」

話はこれで終わりだ――と、阿比留は締めくくった。

窓を激しく大粒の雨が叩き、隙間から吹いてくる風がロウソクの炎《ほのお》を揺らす。

吾妻が、「なんてホラーだ……」と深い溜息を漏らしながら、首筋の汗を拭《ぬぐ》った。

「それでさ、その大学生はどうなったの？　今も関係が続いてんじゃない？」

「さあなぁ。俺としては、別れた方に賭けるね。だって助っ人として頼んだのに、いざという時、目の前で腰を抜かしてすっ転んだんだぜ。いくら相手が、刃渡り一三センチのサバイバル・ナイフを突きつけたからって」

「そんな相手に立ち向かって、のしたってのか⁉」

「だって、物心付いた頃から、空手教室とか通っていたんだぜ。挙げ句に護身術を仕込んだのは、あの司馬《しば》さんだよ。美しさは奥さん譲《ゆず》り。

正直、父親に似なくて良かった……。空挺だからって、この基地の隊員が四、五人束になったところで、手も足も出ないと思うね」

「じゃあ、結局、父親は真相を知らずじまい？」

「……結果的には、全てが丸く収まった。余計な心配をかけて指揮に支障が出ても困るし、万一、父親がブチ切れて、その大学生がフルボッコとかになったら困るだろう。今でも、その件は機密扱いだ。お前らも今日限りで忘れろよ。この話は、一夜限りの怪談、あくまでもフィクションだからな」

その時、ふいにドアが開いて、隊長の土門康《こう》平《へい》二佐が姿を見せた。右手に一升瓶《いっしょうびん》を提げて。

「え？」と皆が驚いて一斉に立ち上がる。

「まだいらしたんですか？　てっきり帰宅なさったものと――」

「いや、さ。それが、こういう時に帰ると、娘が怒るんだよ。いつ災害派遣の出動命令が出るかもしれない、こんな天候の中、わざわざ家に帰ってくるなんて、幹部自衛官としての矜持《きょうじ》と諦観《ていかん》に欠けているんじゃないの？　と。正直、親父の居場所はどこにもない！」

「そ、それは……実に良くできたお嬢様でいらっしゃいますね」

暗がりで良くわからなかったが、そう言った吾妻の顔は引きつっているようだ。

「うん、まあ、どうせ今夜は出動なんてないだろう。本物の酒を開けようじゃないか。隊長許可だ」

風がますます強くなる。

阿比留が上座を譲り、恭《うやうや》しい仕草で隊長を座らせ、ロウソクの灯りの下に、ささやかな宴会が始まった。


〈「オペレーションE子」終わり〉

〈サイレント・コア〉キャラクター紹介

表向きは第一空挺団・第四〇三本部管理中隊として
活躍する「サイレント・コア」。
現在刊行されている「日中開戦」シリーズで登場する、
主要登場人物たちをここで紹介します。

サイレント・コアの
創設者にして初代隊長

音無誠次

二等陸佐

『戦略原潜浮上せず』に初登場した際は三佐。

『環太平洋戦争５』で二佐に昇進。


その経歴には謎が多く、若い頃から秘密任務に携わっていたようだ。多方面にコネクションを持っているようだが、それについては信頼する部下にさえ、ほとんど話すことはない。

当初は任務完遂のためなら自分や部下の生命も顧みない、非情な隊長であった。新入隊員の選抜にも「いつ死んでもかまわない、身寄りのいない社会のはみ出し者」を条件にしていたほどだが、しだいに心境が変化していった。不良少年を連れてきては一人前の自衛官に鍛え上げ、更生させて社会へ戻すことに、やりがいを感じるようになったのだ。

土門の成長とともに最前線の指揮を任せて、自分は後方支援や政治的な根回しなど、部隊の裏方に徹するようになり、時には謀略めいた暗躍をも行った。

土門康平

サイレント・コア
二代目隊長

二等陸佐

Kohei DOMON

『環太平洋戦争』で初登場した際は一尉。
『深海の悪魔』で三佐に昇進。
『謎の沈没船を追え！』で二佐に昇進。

横須賀出身で一般私立大学を卒業後、海自に親戚がいるにもかかわらず陸自へ入隊。

レンジャー・バッジを取得し、法務担当士官としてサイレント・コアに配属されたが、音無には当初全く期待されていなかった。だが、突然の出動命令に、急遽第一小隊長として実戦に臨むことになり、そこで優秀な指揮官たり得る資質を発揮。やがて部隊全体を率いるようになってゆく。

サイレント・コア名誉隊員でもある技術研究本部の萩本郁江と結婚し、娘が生まれてからは子煩悩で家族サービスを欠かさない、よきパパ。

三佐に昇進してからは、音無にかわって前線の指揮をとることが多くなっていき、二佐に昇進後、音無の後任として隊長に就任した。

サイレント・コアの
最強コマンド

司馬 光

二等陸佐

『自由上海支援戦争』初登場時は一尉。
『深海の悪魔』で三佐に昇進。
『謎の沈没船を追え！』で二佐に昇進し、西方普連に異動した。

180センチ近い長身。横浜中華街に数件の中華レストランを経営する裕福な家庭に生まれる。

北京大学に二年間留学し、北京語、広東語を自在に操るため、中国語通訳としてサイレント・コアに配属された。だが実は、台湾の国民党軍が大陸反攻する際には尖兵となるべく、戦士としての教育が施されていた。そのため、中国拳法の師範免許を持ち、スカイダイビングとスキューバのインストラクター資格も取得。

近接格闘戦を好み、部隊規模が拡大するとともに、第二小隊長として先陣を切って戦うようになり、時には潜入作戦などもこなす。

配偶者は防衛研修所研究員（中国専門家）で、子供はいないが、家庭の状況などはまったくわからない。

土門が空自救難教育隊よりスカウトした新小隊長候補。
海上自衛隊生徒隊出身ながら、一般大学を卒業して空自に入隊という変わった経歴の持ち主。士官でありながら看護師資格を持ち、救命士としても働いていた。

元韓国陸軍大尉。
当初はサイレント・コアと敵対していたが、司馬に見込まれ何度か共同任務にも参加するようになった。
やがて日本人と結婚し陸自へ移籍、第二小隊長を受け継ぐことになる。

畑 友之（ファーム）

陸曹長

部隊一のベテラン。常に冷静沈着な第一小隊の分隊長。土門の新任時代のお守役も務めた。

結婚してしばらく他部隊へ転出していたが、後に復帰。今は新小隊長原田のお守役。

田口芯太（リザード）

三等陸曹

第一小隊狙撃班。

喧嘩、脱走を繰り返す問題児だったが、音無に拾われてサイレント・コアへ。今や部隊には欠かせぬ名狙撃手に成長した。

生き別れの妹と再会し、その娘である姪を溺愛している。

比嘉博実（ヤンバル）

陸士長

第一小隊狙撃班の観測手。

不況の沖縄から、給料の安定した職を求めて陸自に入隊したという元不良少年。

田口とのコンビは、土門が最も頼りにしている部隊一の精鋭チームである。

漆原武富（バレル）

陸曹長

　第二小隊の分隊長。

　ロシア語の能力を買われて、西方普連から異動してきた。

　司馬の補佐として、突出しがちな小隊長の背後を守った。

Taketomi URUSHIBARA

御堂走馬（シューズ）

二等陸曹

　北海道出身。第二小隊。

　元自衛隊体育学校オリンピックのマラソン強化選手。

　何でも無難にこなすアベレージなセンスの持ち主。

Soma MIDO

川西雅文（キック）

三等陸曹

　元Ｊリーガー。第二小隊。

　リーグ優勝を目前に負傷し、一度は復帰するもチームに彼のポジションはすでになかった。

　叔父が自衛官だったことから陸自に入隊。

Masafumi KAWANISHI

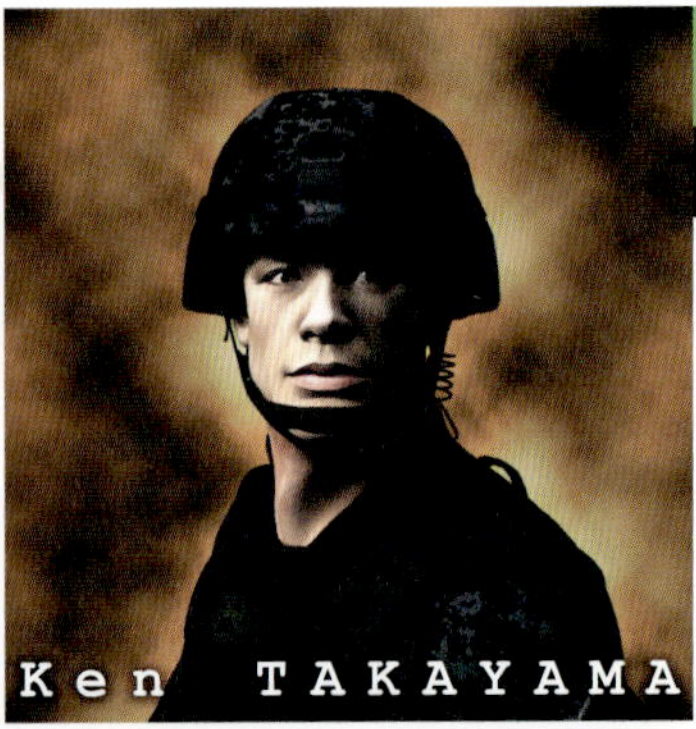

高山 健（ヘルスケア）

一等陸曹

陸自少年工科学校出身のベテラン空挺隊員にして、二児の父。

結婚して西方普連へ転出していたが、第一小隊の分隊長として復帰した。面倒見のいい、若い隊員の兄貴分的存在。

待田晴郎（ガル）

二等陸曹

演習場でオリエンテーリングがしてみたくて陸自に入隊。地図読みが巧みで、UAVの操縦にも長けている。

第一小隊の所属だが、しばしば第二小隊にも派遣される。

水野智雄（フィッシュ）

二等陸曹

元水泳のオリンピック強化選手だったが、エコノミー症候群に罹り、肺を痛めて選手を引退。身長185センチ。持久力は部隊一で、水中格闘戦では無敵。

任務中に婚約者の存在が発覚。

第一小隊。

福留 弾（チェスト）

二等陸曹

鹿児島県出身。父親も陸自隊員だった。

西方普連へ異動したら見合いをして所帯を持つ、が口癖だったが、皆の心配をよそに、死亡フラグは立たなかった。

第二小隊の分隊長。

井伊 翔（リベット）

二等陸曹

第二小隊のIT要員。

高専の出身で、入隊以来、陸自で最も早く電気電子関係の特技を全て習得した男として有名。

趣味が締結材（リベット）の収集であることが、コードネームの由来。

由良慎司（ニードル）

三等陸曹

漆原が、西方普連から連れて来た部下。同じ狙撃手である田口を目標ともライバルとも思っており、何度もサイレント・コアへの異動願いを出していた。

第二小隊。

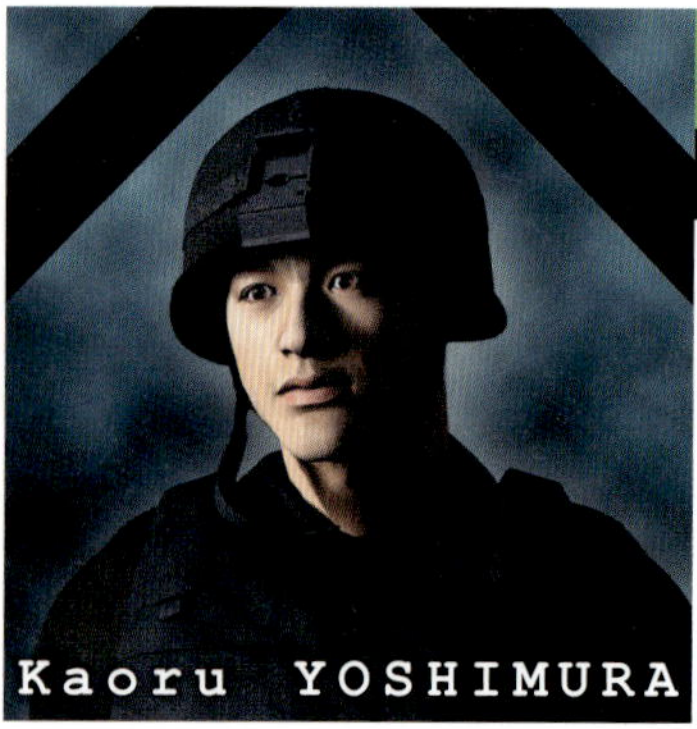

吉村 薫

陸曹長

横須賀出身。

サイレント・コアの初期メンバーにして音無の片腕的存在。

新車を購入したり婚約者の話をしていたため皆から心配されていたが、その不安は的中。任務を達成しつつも戦死してしまった。


その他、紹介しきれないぐらい、「サイレント・コア」には多くの隊員がいます。

そして、今後も新たな戦力となる隊員が入隊してくるかもしれません。


どの人物が、どのように活躍し、どこまで昇進するか——？

皆様、今後とも彼ら「サイレント・コア」メンバーを見守っていてください。

〈サイレント・コア〉
装備&武器紹介

ふだん我々が見慣れている
陸自隊員とは違う、
特殊部隊の装備品をご覧ください。

『米中激突３』カバーイラスト。
マルチカム迷彩服にクォードアイ暗視装置。
野戦フル装備の司馬、水野、比嘉。
司馬の胸にはC★NOVELS 30周年、
C★NOVELSファンタジア 20周年と、
パラオを守ろう！　キャンペーンバッジが。

『米中激突２』カバーイラスト。
パルーマ島ＳＷＡＴの装備を借りて
戦うサイレント・コア。
腕に付けたカラーチップが出身国を
表しています。

AIR CHINA CARGO
SWAT
SWAT
SWAT
POLICE

『米中激突３』本文イラストのカラー版。
是非本編のページと見比べてください。
本編ではモノクロ印刷ゆえ黒く塗りつぶされて見えない部分も、実は精密に作り込まれているのです。

「サイレント・コア」基本装備。
モデルは姜彩夏三佐。
（書き下ろしイラスト）

H&K G36
アサルトライフル

ヘッケラー&コッホ社（ドイツ）製。ドイツ連邦軍以外にも、多くの国や地域で軍や警察によって使用されている。

用途に合わせた様々なタイプがシリーズ化されており、また容易にオプションパーツを装着・交換することができる。

イラストは銃身の長い初期タイプに暗視装置を装着した状態。

口径　5.56mm
使用弾薬　5.56mmNATO弾
全長　1000mm
重量　3.63Kg

H&K MP5
サブマシンガン

ヘッケラー＆コッホ社（ドイツ）製。

世界で最も使われていると言われる、ベストセラーサブマシンガン。

シリーズや派生型も多く、なかには別の銃かと見間違うほど形状の変化したものもある。

サイレント・コアが装備していたものは、サプレッサー内蔵で折りたたみ式銃床を備えている。このようなタイプは公式には存在せず、部隊の特注品である。

折りたたみ銃床を指定した理由は、安定性に優れ、かつ格闘戦時に打撃などに用いることができるため。

口径　9mm
使用弾薬　9 × 19mm
全長　804mm
重量　3.45kg
発射速度　800 発／分

H&K PSG1

狙撃銃

ヘッケラー＆コッホ社（ドイツ）製。警察対テロ部隊用として開発され、日本の警察特殊急襲部隊（ＳＡＴ）や海上保安庁特殊警備隊（ＳＳＴ）でも使われている。
アサルトライフルＧ３シリーズの中から精度の良い個体を選び、熟練職人が手作業で仕上げるため、非常に高価な銃である。

口径　7.62mm
使用弾薬　7.62mmNATO弾
全長　1200mm
重量　8.1Kg
有効射程距離　700～ 1,000m
照準眼鏡　Hendsoldt 6 × 42mmテレタイプ

Arwen37

グレネードランチャー

ロイヤル・スモール・アームズ・ファクトリー（イギリス）製。
警察の暴徒鎮圧用に開発された擲弾発射器。ロータリー式の弾倉に5発装填。
音無が愛用しているものは、吉村の遺品だという噂が……？

口径　37mm
使用弾薬　37 × 110 mm
全長　760～890mm
重量　3.1Kg
発射速度　12発／分

XM307ACSW
重機関銃

ゼネラルダイナミクス社（アメリカ）製。米軍のＯＣＳＷプロジェクトのもと、数個の部品を交換するだけで素早く擲弾発射器へ組み換えることができる便利な銃。Ｍ２重機関銃の後継にもなるといわれ、サイレント・コアでも将来の導入に向けて密かにトライアルテストを行っていたのだが……開発中止になってしまった。

口径　12.7mm（.50）
全長　1560mm
重量　19kg
発射速度　260 発／分（ベルトリンク給弾）

RPG7

ソ連で開発された対戦車ロケット弾。

誘導装置はない。

この種の兵器としては比較的軽量で、操作も簡単なため世界中で使われている。

また、正規の生産品以外にも類似品や海賊版が多く出回っていて容易に入手できるため、ＡＫ４７自動小銃などと並んでテロリストやゲリラの主要装備ともなっている。

ATM−5
01式軽対戦車誘導弾

防衛省技術研究本部と川崎重工業が、84mm無反動砲（カールグスタフ）の後継機として開発した。

いわゆる肩撃ち式対戦車ロケット弾。

赤外線画像誘導方式で、誘導しなくとも自動で命中する「撃ち放し能力」を持つ。

防衛省の公式略称は「ＬＭＡＴ」「ラット」なのだが、自衛隊員たちは「軽ＭＡＴ」と呼んでいる。

ギリースーツ

カムフラージュ効果を極限まで突き詰めた姿である。

主に狙撃兵が使用する。

隠れることを最優先にしているため、着心地などは二の次、行動も制限されてしまう。

既製品もあるが、ベテラン狙撃兵は既製品を改造、あるいは自作することが多い。

なぜなら、スーツと周囲の植生が合っていないと、かえって目立ってしまうからである。

〈サイレント・コア〉シリーズは

こうしてつくられる――

裏事情も、
バッチリ
聞いちゃいます！

大石英司＆安田忠幸氏インタビュー

……作品はどうやって生まれたのか？
そして、作品への思い入れは？
大石氏と安田氏へ、
それぞれ製作の裏話から個人的な質問まで、
徹底アンケートを実施！

著者・大石英司氏へのインタビュー

「サイレント・コア」シリーズは、いつ頃、どのように思いついたのでしょうか？　また、書きはじめたきっかけを教えてください。

映画「北海ハイジャック」（1980年公開）です。作中に登場する、偏屈《へんくつ》で頑固《がんこ》、そして奇行《きこう》癖《へき》の持ち主であるロジャー・ムーア演じるフォルクス隊長と、彼に鍛《きた》え上げられる、ちょっと頼りない私兵集団に憧《あこが》れたのが切っ掛けです。

これまでの本の中で、とくに印象に残っている本（またはシリーズ）はありますか？

初期の頃、唯一戦死した吉村《よしむら》隊員のエピソードでしょうか。

遺品のパジェロが残り、それは今もしっかり整備され、隊員らが乗り継いでいます。

それと、2020年の技術革新にチャレンジした新世紀日米大戦。この世界では、人型ロボット兵士が生身の人間と一緒に戦闘しているという設定でした。その2020年がもう目前に迫っているけれど、あの当時予測した技術革新が、どれほど実現するか、この後、ほんの5、6年で、われわれがまだ体験できていないイノベーションの波がやってくるのかどうか、興味があるところです。

吉村が戦死を遂げるのは、『自由上海支援戦争』。名作として語り継がれています。

執筆において、「ここはこだわって書いている」という部分があれば教えてください。

敢えて言えば、兵士の平凡《へいぼん》さに拘《こだわ》っています。自衛官と言えども生身の人間であり、一人のサラリーマンです。特別なスーパーソルジャーでは無い平凡で凡庸《ぼんよう》な個人が、一旦緩急《かんきゅう》あれば、個人の特技を生かして組織や仲間のために尽くして超人的な任務を達成する。

実際に、日々現場で起こっている、その平凡な人々の努力を描くことを心がけたいといつも思っています。

作品を通して訴えていきたいことは、何かありますか?

時代や、世界情勢に関して、カナリアでありたいと思っています。読者の皆さんが、世界の片隅、あるいは日本の周辺で、何かの事件が起こった時、それって、大石英司のあの作品に描かれたことと同じだよね、とニヤリとできるような、未来に起こり得るファクトを描きたいと。

シリーズ合間の短・中篇作品では、ＳＦやオカルト設定が入りますがなぜなのでしょうか?

オカルト（トンデモ）、大好きです！

科学技術が進歩し、情報手段が発達したせいで、世界はあまりにも小さく、夜は明るくなりすぎました。少なくとも、私たちの生活の中で、不可思議な現象はもう存在しないと断言しても構わないでしょう。日々の生活に追われる私たちは、素粒子《そりゅうし》の謎を知らなくても生きていけるし、気にする必要はありません。

でも、人間を人間たらしめているものは、未知

近刊『謎の沈没船を追え！ 上・下』でも、驚くべきＳＦ設定が導入されています！

なるものへの探究心です。文明の根源は、突き詰めれば、未知なるものを解明しようとする人間の本能的な渇望《かつぼう》です。

　そしてその謎は、それがどんなに些細《ささい》で、あるいは馬鹿げていたとしても、私たちの日常に、絶妙なエッセンスをもたらしてくれるでしょう。

　空にＵＦＯを探し、湖に怪獣を求めるのは、私たちの人生を豊かにする大事なスパイスです。それにタイムトラベルができたら楽しいでしょう？


最新兵器をいち早く登場させ活躍させたものの、その後の情報で実は大した性能ではないとわかってしまったり、開発計画が頓《とん》挫《ざ》してしまった時の心情は？


　これが難しいのは、たとえば大戦当時の兵器にしても、あれは駄作《ださく》だった、役立たずだったという意見もあれば、いや名機だ、あれこそが敵を脅《おびや》かしたのだ、という意見が対立、もしくは両立したりします。日本の特攻作戦などはその最たるものです。あれは戦術的には、ほとんどその犠牲に見合う戦果を得られなかったけれど、敵の士気を多いに挫《くじ》くことに貢献《こうけん》しました。

　開発計画が頓挫するのは本当に残念です。

　たとえば、アメリカ空軍は、ＹＦ－23戦闘機を採用するだろうと目論《もくろ》んだのに、実際は、ご承知のように、ＹＦ－23と比べると全然美しくないＦ－22が採用されたりもしました。実に酷い話です。今でこそあのデザインに馴れてしまいましたが、ＹＦ－23の方が、戦闘機として遥かに洗練《せんれん》された美しいフォルムだったのに！

　それからアーセナル・シップ。こちらは、ズムウォルト級として細々とその思想が受け継がれはしましたが。概《がい》して、軍隊というのは、保守的なものです。

しかし、最近の米軍の新装備開発がこける理由は、ほとんどが予算不足ですね。ステルス偵察ヘリのコマンチは、最高にクールなデザインだったのに、開発費が足を引っ張った。


「サイレント・コア」メンバーはこれまで何人も登場しましたが、誰が一番好き（印象的、または作中で動かしやすい）ですか？またその理由は？


狙撃手の田口《たぐち》と、部隊のナンバー2である司馬《しば》さんですね。この二人は、対照的なキャラクターです。一方は養護施設で育った天涯《てんがい》孤独《こどく》な男で、失うものは何もない。任務が人生の全て。

一方の司馬さんは、資産家のお嬢様《じょうさま》として蝶《ちょう》よ花よと育てられ、任務は、どこか趣味然として、別に給料が必要なわけでもない。仕事の外に自分の世界を構築しているキャラクターです。


彼らとは逆に、書いていて動かしにくいキャラクターがもしいれば教えてください。


総じて、分隊長クラスです。

現実に戦場で戦いの指揮を執るのは、士官ではなく、彼ら年季の入った下士官たちです。まさにサンダース軍曹（往年の戦記ドラマ「コンバット」の主人公）こそが歩兵部隊の要です。

ところが、この人たちにスポットライトを当てようとすると、その他のキャラクターがどうしてもおざなりになります。士官である小隊長にしても、実際に銃を撃つ兵士にしても。

なぜなら、乱暴に言えば、戦場に於いては、兵士は彼ら下士官の単なる駒《こま》に過ぎず、士官は下士

『虎07 潜を救出せよ 下』本文イラストのカラー版。
土門に作戦終了を告げる司馬さん。
イラストでの彼女の初顔出しです。

官の進言をオウム返しに命令するだけのお飾りに過ぎないからです。

全体にバランスして書こうとすると、どうしても下士官の存在が希薄になります。

「サイレント・コア」の中で、身近にいてほしい（話をしてみたい）メンバーは誰でしょうか？

司馬さんです！　肩を揉《も》んだだけで小遣《こづか》いに1万円、雨の日に傘《かさ》を差してあげただけで1万円とか貰えそう！　あと、上海蟹《シャンハイガニ》のシーズンには、中華街の実家で、浴びるほど蟹を食べさせて貰えるから。

もし、大石さんご自身がシリーズに登場するとしたら、どんなキャラクターになりそうですか？

「戦場では、臆病《おくびょう》な奴が生き残るんだよ」と呟きながら、ひたすら塹壕《ざんごう》に籠《こ》もって粘る、嫌味で使えないタイプです。

執筆の中で、とくに大変なこと、苦労することはなんでしょうか？

基本的に、調べものを自分で全部やらねばならないことでしょうか。

もちろんその過程で、面白い発見があったりするわけですが、ググッている最中に、求める答えが全く出て来なかったりすると、本当に苛々《いらいら》します。

シリーズを長年続けてきて、「大きく変わったな」と感じることは？

最大の変化はネットを巡る状況でしょう。

私はインターネットが広く利用される相当以前から、パソコン通信を使って調べものをし、またメールへのファイル添付という形で編集者と原稿のやりとりをしていましたが、ここまで便利な時代になるとは全く予想しませんでした。情報がタダで手に入る時代が来るなんて、思ってもみませんでした。

兵器関係では、やはり無人機でしょうか。

ロボット兵器が戦場に入ってくるだろうという予感はあったにせよ、あんなちゃちな無人機が、ミサイルを撃つようなところまで進化するとは予想外でした。

シリーズの中で、裏話（実はこんな設定がある・または今だから言えること）があれば、是非教えてください。

実は「サイレント・コア」シリーズは、２０２０年問題というのを抱えています。前世紀の終わりに、２０年以上も後のことを未来予測してしまいました。その世界では、土門さんは陸将に出世して特殊作戦群を率いています。司馬さんも陸将補です。

まさか、その頃までシリーズが続くなんて思ってもみませんでした。だいたい私は、その頃になったら、ひと山もふた山も当てて、ベストセラー作家の地位を不動のものとし、仕事なんて止めて、毎日札束を眺《なが》めて株でもやりながら悠々《ゆうゆう》自適《じてき》の隠退生活を送っているはずでした。サラリーマンな

『日中開戦１』カバーイラスト。最新刊では、土門・司馬の後任に抜擢された原田拓海＆姜彩夏の二人が奮闘しています。彼らの、今後の行方は……？

ら、子供の教育費にひいひい言いつつ、老後の生活設計に入っている時期です。

しかし気づいたら、もう２０２０年は目前です。

このシリーズは、その２０２０年問題との整合性を確保するために、若干の微調整時期に入っています。

大石さんは、もし作家になっていなかったら、何をやっていたと思いますか?

「君たちはエロスがわかっていない！」と怒鳴りながら、女優を指導するＡＶ監督です。まだその夢を諦めたわけではない！

長くコンビを組んでいるイラストレーターの安田忠幸さんへ向けて、一言お願いします。

毎回毎回、原稿がほとんど影も形も無い状態で、今度はこの兵器をメインに、バックはこんな感じで、吊《つ》り下げている兵器はこれとこれを……という無茶な依頼をしています。いつも申し訳無い気持ちで一杯です。

時々、表紙や作中イラストに関して、厳しい批判を読者から頂戴することがありますが、それは常に、私の分析ミスや指定ミスが原因であることをご理解いただければと思います。

私の作品は、安田さんの表紙あってこそなので、私の筆が続く限り、安田さんにも変わらぬお付き合いを頂戴したいと願っています。

最後に、ファンの皆さんに向けて一言お願いします。

ソヴィエトが崩壊《ほうかい》して、冷戦が終わったと言われてから、そろそろ四半世紀になります。実は、ソヴィエト崩壊と、日本のバブル崩壊は見事に重なっています。もし、冷戦が終わり、世界がその平和の配当を受け取ったのであれば、日本経済が今日の状況に陥《おちい》ることは無かったでしょう。

　しかし、極東は朝鮮半島という不透明なファクターと、覇権《はけん》主義をひた走る中国という巨大な不確定要素を抱えて一触即発にあります。

　一方、欧米社会は、アラブの混乱と、アフリカの貧困、そしてロシアの復権という混乱した状況に陥っています。中でも、アラブの混乱は、予断を許さない危機的な状況です。

　ソヴィエトが崩壊した時、東西対立が消えて、小説のネタも無くなると言われたものです。実際にわれわれは、「平和な世界」という幻想に怯えもしました。しかし、世界はこの四半世紀、ますます混沌《こんとん》とし、複雑化していきました。今日、世界は、東か西か、白か黒かをシンプルに切り分けられる状況ではなくなり、中間色とグレーが混じり合う、理解も解決も不能な状況に陥ろうとしています。

　日本は、ただその国内のみを取っても、少子化や地方の過疎《かそ》という深刻な病を抱えています。私たちは、これが進行性で、特効薬が無いことを知っています。

　しかし、いつの時代にも希望は必要で、それはどこかに必ず存在するものです。決して悲観することなく、なんとかなるさ、という楽観を抱きながら、フィクションの世界を愉《たの》しみ、これからも、兵士達の成長を見守っていただければと思います。


←次のページからは、大石英司さんがセレクトした、特にお気に入りのイラストを、コメント付にて紹介！

『第二次太平洋戦争　上』カバーイラスト。
これには、国産のステルス戦闘機「海燕」が登場します。主翼内に垂直離着陸用のファンを内蔵するという画期的な戦闘機でした。当時（1991年）は、日本経済はまさに絶頂にありました。いずれ日本も、こういう画期的な戦闘機を自力開発するだろうことを全く疑いませんでした（→遠くを見る視線）。

『第二次湾岸戦争　上』カバーイラスト。
デザート迷彩にUNのマークが入った空自版ストライク・イーグルですね。砂漠をイメージする赤い地表の上を旋回する姿が好きです。
いずれ空自はストライク・イーグルを買うと思ったのに！ この作品の刊行は 1992年。日本はこの頃から、下り坂を転げ落ちるように不景気のどん底へとはまっていきました。

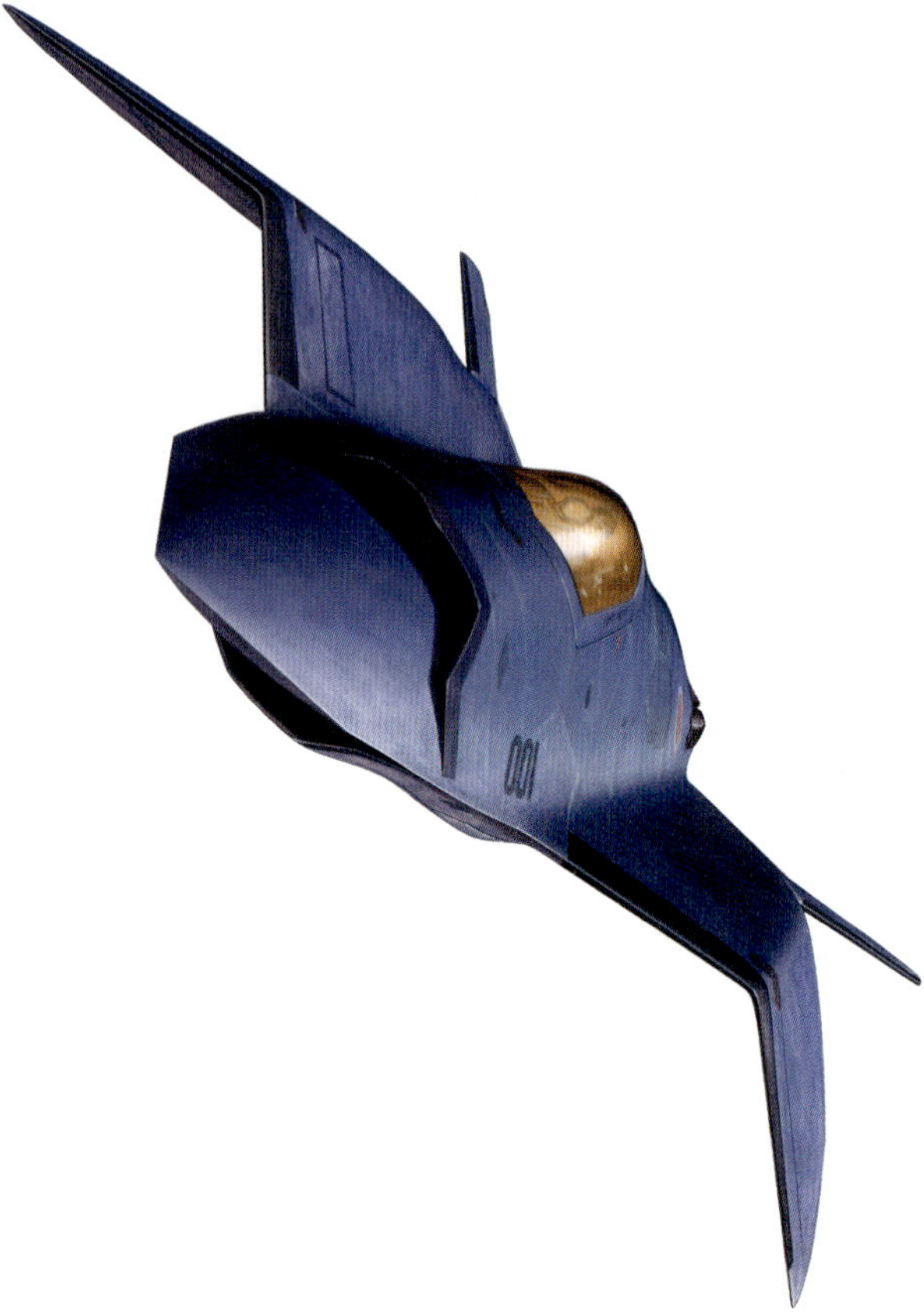

『新世紀日米大戦　2』カバーイラスト。

架空兵器ものとしては、1997年刊行のこの作品にて登場させた、超音速巡航ステルス戦闘機「震電」のイラストが印象的です。

このシリーズ中、何度も「震電」を描いていただきましたが、何しろこの戦闘機、のっぺりとして不格好で全然クールじゃありません（笑）。

おそらく安田さんとしては、これを格好良く描くのに、相当なご苦労があったのではと思います。本当にすみませんでした！

1997年、日本経済の落ち込みは一時的なものでじきに景気は回復するだろう、もう少しの辛抱だ、と思っていたものです（→再び遠くを見る視線）。

イラストレーター・安田忠幸氏へのインタビュー

C★NOVELS100冊記念ということで、100冊刊行された今の感想は?

率直に100冊全てに関われたことが嬉しいですし、ありがたく思っています。

表紙絵だけでも100点（実は98点!）。口絵、挿絵《さしえ》を含めれば、7~800点は描いているはず。今の絵のスタイルは、この100冊が育ててくれたようなものです。

並べてみると子供の成長アルバムを見るような感慨《かんがい》があります。

これまでの本の中で、とくに印象に残っている本（シリーズ）はありますか?　その理由もお願いします。

『第二次太平洋戦争』は読みながら泣きました。『自由上海支援戦争』は司馬さん初登場。インターネット（パソコン通信）による革命を予見した作品で、これも泣けます。

大石さんの先見性《せんけんせい》はいつもすごいです。絵としては『北方領土奪還作戦』です。あの横長の絵は、一度一枚絵で出力してみたい。

「サイレント・コア」メンバーはこれまで何人も登場しましたが、誰が一番好きですか？　またその理由は？

好きなキャラはたくさんいます。個性の強い音無さん、司馬さん、田口、比嘉はもちろん、篤実な水野、待田。
初期のキャラでは、愛すべき吉村。ツォン・ロンもクールで格好良かった。
強いて一人を選ぶなら、信義に厚い人情の人、レイブンこと佐竹啓蔵ですね。

身近にいてほしい（話をしてみたい）メンバーは誰でしょうか？

土門さんです。いろいろな愚痴《ぐち》を、一緒にビールでも飲みながら聞いてみたいですね。
サイレント・コアの隊員って酒とか飲まなそうですが…。

「北方領土奪還作戦」シリーズの表・裏表紙。すべて繋ぐと、実寸で1．5メートルの一枚絵になります。安田さん曰く「本来は司馬さんがセンターになるはずだったのですが……」とのことです。

「サイレント・コア」シリーズのイラスト（兵器や人物など）は、どのように描いているのでしょうか？

兵器の場合は図面、写真などの資料をもとに、簡単な3Dモデルを作ります。

人物は3Dフィギアのモーフィングでキャラのベースを制作。画角、ライティング等を決めた上で、見える部分の細部を造り込んでモデリングします。それを画像編集ソフトでレイアウト、ディテールを描き込んで仕上げています。

描きやすいキャラクターや兵器、逆に描きづらいキャラや兵器などがあれば教えてください。

これはやっぱり司馬さんですね。描きやすくもあり、描きづらくもあります。

当初は、読者の皆さんのイメージを壊《こわ》したくなくて、描くのを控えていましたが、今では一番描きたいキャラかもしれません。

兵器では軍用車両の、質実《しつじつ》剛健《ごうけん》な機能美に惹《ひ》かれます。

実は、こういうのを描いてみたい！　と思っているものがあれば教えてください。逆に、これは描きたくない、オファが来ても描きづらいかも、と感じるものがあれば教えてください。

描きたいものは、合戦《かっせん》絵巻《えまき》のように、何度見ても新しい発見があるような絵。あるいは一つの対象をじっくり描き込んだ絵です。二次元なのに動いたり、飛び出したり、違うものが見えるそんな絵。

不得手なのは、柔《やわ》らかいものや、可愛《かわい》いものですかね。

イラストを描く上で大変なこと、とくに注意していることはなんでしょうか？

装画は、本文があって初めて成立するものです。内容に沿った正確な絵を、限られた時間で仕上げるのは大変難しい。細部は本文には書かれていないこともあるので、イメージを膨《ふく》らませて描いています。

格好良く、ワクワクする絵にと、つい暴走《ぼうそう》してしまうこともしばしば。

勉強不足ゆえに中には間違ったところがある絵も出てしまっています。

願わくば、〝間違い探し〟と思って楽しんでいただければ……。

最近の兵器デザインについて言いたいことがあれば。

機械の美しさは、機能美だと思います。ただ、最近のステルス的なデザインには、あまり魅力《みりょく》を感じません。むしろ未完の、無骨《ぶこつ》とも思えるデザインに惹かれます。

また、ドイツ・ロシアなど、ヨーロッパ的なフォルムも独特な色気があって好きです。SF的、未来的イメージが反映されたメカにもワクワクします。

その中にある開発者の夢の投影《とうえい》に、私自身の原体験がリンクするからかもしれません。

『新世紀日米大戦』の未来兵器について、楽しめた部分、逆に苦労した部分があれば教えてください。

実在しない未来兵器ということで、ある程度は自由にデザインできたことは楽しかったです。

難しかったのは、近未来の技術的リアリティを表現することでした。

「新世紀日米大戦」シリーズには、現実には存在しない武器や兵器が多数登場しました。

この100冊の間に、「大きく変わったな」と感じることはありますか。

表現方法が、紙と絵の具の手描きからデジタルに変わったことです。

当初、メカものを資料写真に無い自由なアングルで描きたくて取り入れたデジタル3Dでした(それ以前はスケールモデルも多用)。簡単なモデルを作り、アングルを決め、それを下絵に手描きで細部を書き込むという作業です。

そのうちデジタル環境も向上し、モデリングのスキルも上がってきたところで、徐々《じょじょ》にデジタル表現に移行。『新世紀日米大戦』の頃に、完全なデジタルイラストに変わりました。

裏話的な(実はこんな設定がある・または今だから言える)ことがあれば教えてください。

この本の中でも、少々〝ネタばらし〟をしていますが、絵にリアリティを出すため、自分なりの裏設定というか、理由付けをして細部を描き込んでいます。

ですから、あまり深く追求せずに楽しんでいただければと思います。

また、絵が動画になったり、3Dで飛び出したりというAR技術を利用したコンテンツもいろいろ作りました。今回は掲載《けいさい》が難しく見送られましたが、いつかどこかで披露《ひろう》したいですね。

安田さんは、もしイラストレーターになっていなかったら、何をやっていたと思いますか？

他に何がやれたのかわかりませんが、テレビや映画の大道具、小道具の制作現場には興味があります。

若い頃にその道を見つけていたら、そういう事をやっていたかもしれません。

これまで長くコンビを組んでいる大石英司さんに向けて、一言お願いします。

１００冊刊行おめでとうございます。その全てに関わらせていただき、第一読者であったことを光栄に思っています。

どの作品でも先見性に満ちたエキサイティングなストーリーは、絵を描く活力でした。そのような場を与えていただいていることに感謝しています。

これからも、物語をより輝《かがや》かせられるような、物語に負けない絵に挑戦したいと思っています。

まだまだ、描かせてください！

最後に、ファンの皆さんに向けて一言お願いします。

大石作品の醍醐味《だいごみ》を伝えられる一助になっていたら嬉しいです。

今作の読後にも、改めて絵を見返して楽しんでいただけたなら、何よりの幸せです。

←次のページからは、安田忠幸さんがセレクトした、特にお気に入りのイラストを、コメント付にて紹介！

『深海の悪魔　上』カバーイラスト。
カバーをフルＣＧで仕上げた初期の作品になります。

『新世紀日米大戦７』カバーイラスト。
二〇式戦闘機震電を格好良く表現できたかな？

『虎07潜を救出せよ　上・下』
カバーイラスト。
上下巻のイラストは、左右どちらにも繋がるように描きました。
上巻は潜望鏡、下巻は掘削船がメインですが、実は、掘削船は本編には登場していません。背景のプラットホームも、本文のものとは異なるものになっています。これは、イラストを先行させて仕上げたことからです。

『合衆国再興　上』カバー、口絵イラスト。
カバーイラスト（左）の方は、アブロ・ランカスター爆撃機から投下された地中貫通爆弾。ほとんど見えませんが、カメラのレンズにはＮＯＲＡＤの地形を映り込ませています。
トリックアート的に飛び出す効果を狙って描きました。
口絵（右）は、カバーと同じ場面の別角度からのイメージです。

『半島有事2』カバーイラスト。
サイレント・コア部隊の塊。そして、
発射されたノドン・ミサイル。
ノドン・ミサイルに書いた数字は
「19912514／ 20315185」→
「19.9.12.5.14.20.3.15.18.5」
これを、1＝A、2＝B、3＝C……
25 ＝Y、26 ＝Zに当てはめると、
【S.I.L.E.N.T.C.O.R.E】になります。

『半島有事6』本文挿絵。
巡視艇「やえぐも」の勇姿です。信号旗は、
遭難者捜索中を示すＨＬ旗になっています。

海上保安庁
PC108
JAPAN COAST GUARD

『米中激突３』本文挿絵。
実は珍しい、フル装備の
土門さんのイラストです。

実はこんな裏設定が!?
イラスト集!!

「サイレント・コア」シリーズの中には、
実は表に出ていない
安田氏こだわりのイラストが多数存在するんです。
未収録のものを中心に、今回、一気に掲載！

皆さんは、いくつ気付いていましたか？

『半島有事6』カバーイラスト。
嵐の中、海上自衛隊のウェーブピアサー型高速輸送艦の救援に向かう海上保安庁の高速巡視艇「やえぐも」。
上空にはSH-60 K哨戒ヘリ、P-3C。

信号旗は、「われ救援に向かう」を意味するＣＰ旗になっているのに、気付きましたか？
「やえぐも」の日の丸も、警備隊の犠牲を偲び半旗になっています。

JAPAN COAST GUARD
やえぐも

yorimoba掲載時「テン・サーティン　サイレント・コア外伝3」カバーイラストのカラー版。
色々なネタが仕込まれています。

『自由上海支援戦争』の殉職者。

タイトルに引っかけて時計は10：13分に。
時計寄贈者は、阿相士郎。
ＣＨＵＫＯ製になっています。

サイレント・コアの最初のミッションはＱＥ２でした。

この磁石、点字表記です。意味は「オオイシ」「エイジ」

ニューキャッスル（新城）の120年前の地図。

地図上の赤い点は、紅一点＝司馬さんを現しています。

音無の腕には、プロトレックの腕時計。

土門が使用しているのは旧式のＴＯＵＧＨＢＯＯＫ。

実はここと ここにはＱＲコードが。今は読めませんが、yorimoba掲載時には、キャラクターの名前が出るようになっていました。

「対馬奪還戦争」シリーズで使用していたブラックベリーのつもり。

司馬さんの左手に薬指に普段はつけていなさそうなリング。

幻の部隊章!?
モチーフは音楽記号の全休符。
……つまり音がしない＝音無。

C★NOVELS　Mini「テン・サーティン　サイレント・コア外伝3」カバーイラストに連動した習作イラスト①。
色々なネタが仕込まれています。いくつ見つけることができますか？　答えは次のページ！

〇三本部管理中隊
403
XL

窓に映っているのは、比嘉の
目線の先にあるスカイパーツ。

窓の中に見えるのは、
128ページのイラスト
シーン。

当直直前の、作
業服の待田晴郎。

比嘉のTシャツ
には「ヤンバル
クイナに注意」
の道路標識。

プロトレックの
オールブラック
タイプ。

蝶々と戯れる黄色いタグを付けた黒猫。
赤いタグを付けた猫の子供？

壁の錆釘の頭をたどるとうっすら見える
のは「SIRENT　CORE」。
目を細めてみてください。

『C ★ N 25』で、司馬さんが拾ってきた黒猫？

ここに全休符マーク。
うっすら見えるバーコードは、CODE128で「Silent Core」。

山岳訓練コース
in 尾瀬
参加者募集！
〇三本部管理中隊
403

C★NOVELS　Mini「テン・サーティン　サイレント・コア外伝3」カバーイラストに連動した習作イラスト②。
こちらにも、色々なネタが仕込まれています。

習志野の象徴、降下練習塔が
ガラスに映っています。

チラシを貼る
吾妻大樹士長。

ランニング中のシューズこと御堂走馬が
映っています。

「ピノキオ急襲」シリーズに出てくる、山岳訓練のチラシ。

司馬さんが私服でお出かけ。

見づらいですが、実はここにも「Otonashi Only」。

「ピノキオ急襲」シリーズで、比嘉・土門・音無が乗っていた業務車1号。

ここには、欧文で「SILENT CORE」という文字が。

ルーン文字で「沈黙」「戦士」。

『ピノキオ急襲　上・下』
カバーの表１イラスト。
上下巻の表紙イラストで、
裸眼立体視ができます。
二つの絵が重なる時、煙
の中に光る顔が浮かび上
がる？

PINOCCHIO

『ピノキオ急襲　上・下』カバーの表４イラスト。
上下巻の裏表紙イラストでも、裸眼立体視ができます。
バックミラーには、AH-64ヘリが映っている？
絵を構成する白・青・赤は、本作の黒幕を象徴しています。

Ristor
Strega

『ピノキオ急襲　下』本文イラストをもとに制作された裸眼立体視絵。背景の「Ristorante　Strega（リストランテの魔女）」は、司馬の当時のコードネーム：魔女を示したもの。

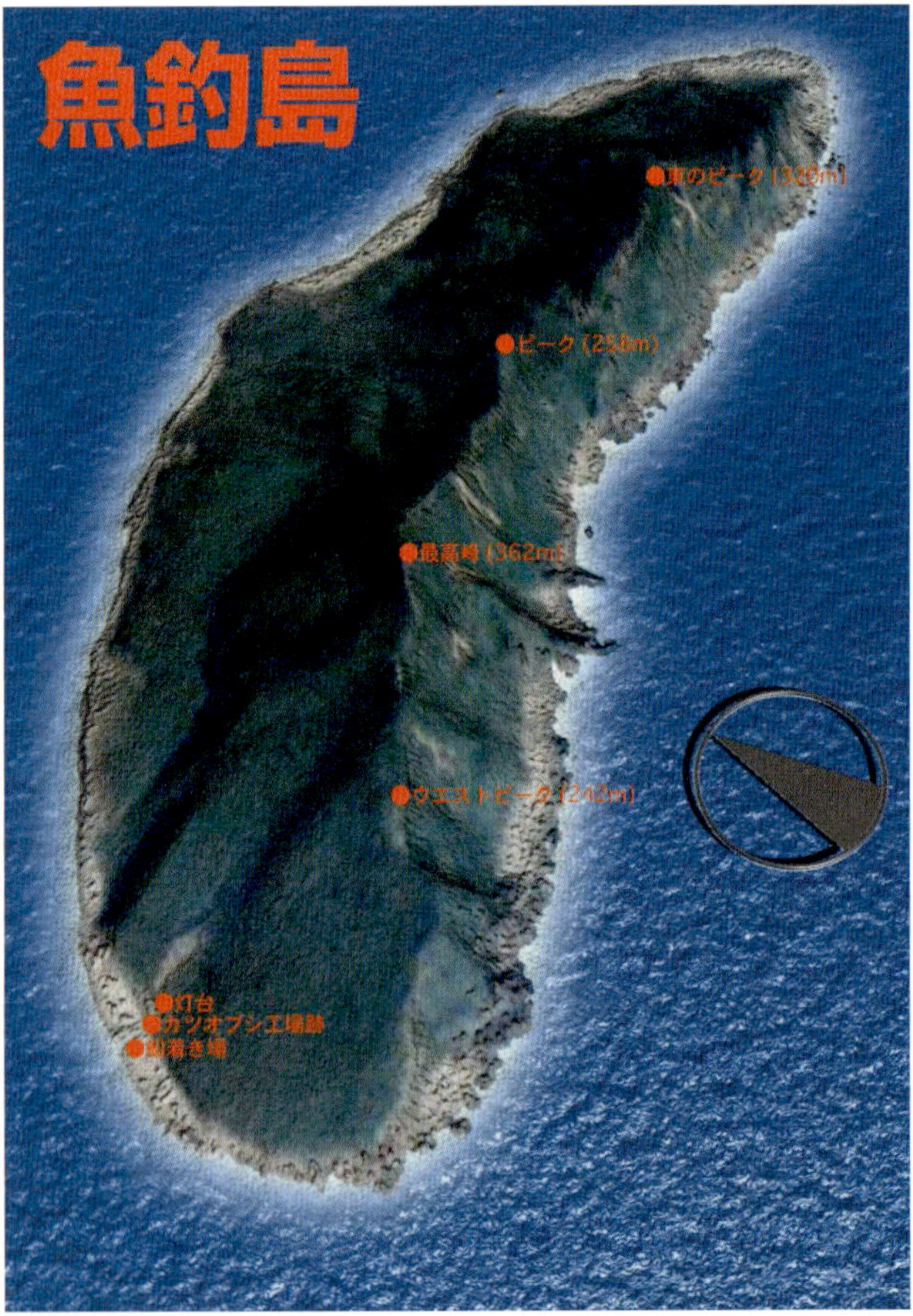

『魚釣島奪還作戦』収録の立体地図カラー版。

『半島有事2』本文イラストのための試作。
パラグライダーに乗る司馬。

『半島有事1』本文イラスト。
駐韓国日本大使が乗るヒュンダインのセダン。ナンバープレートは韓国風で「０１사」はオオイシ、「３４８０」はこの巻の分類番号になっていました。

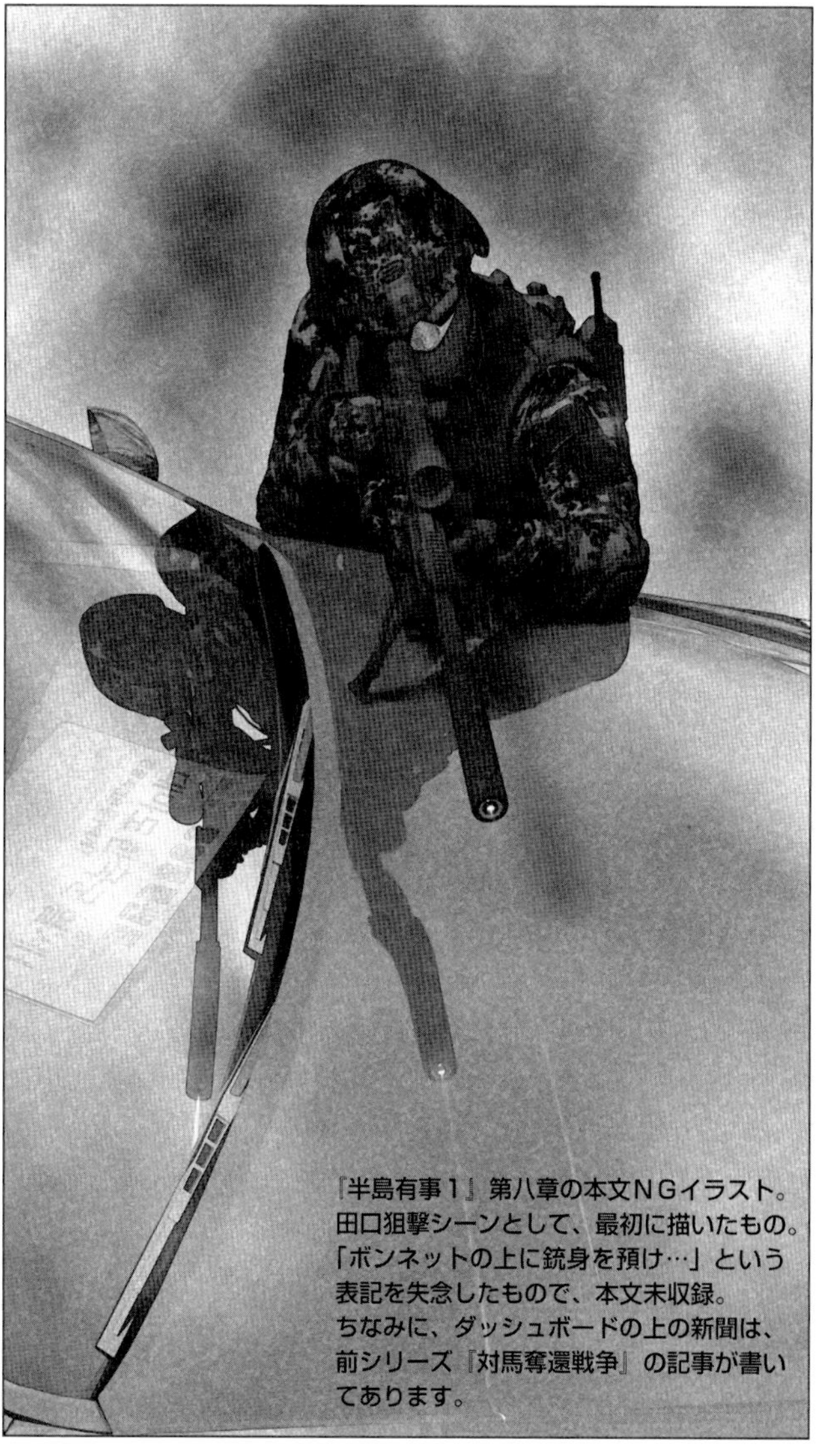

『半島有事１』第八章の本文ＮＧイラスト。
田口狙撃シーンとして、最初に描いたもの。
「ボンネットの上に銃身を預け…」という
表記を失念したもので、本文未収録。
ちなみに、ダッシュボードの上の新聞は、
前シリーズ『対馬奪還戦争』の記事が書い
てあります。

『半島有事1』第八章の本文イラスト。
「田口が、路上に放置されているヒュンダイの乗用車のルーフに、XM3を置いて狙撃」。
本文が「ルーフ」となりましたが、安田氏の修正が追いつかず、珍しいNGイラストとなりました。

夜間シーンの場合も備え、
暗視装置付きも描いてい
ましたが……。

O V E L S 作 品 一 覧

16	環太平洋戦争3	神々の島	1995/2/2
17	環太平洋戦争4	資源は眠る	1995/3/31
18	環太平洋戦争5	南沙の鳴動	1995/6/25
19	アジア覇権戦争1	南沙争奪	1995/11/25
20	アジア覇権戦争2	深海の覇者	1996/2/25
21	アジア覇権戦争3	巨象の鼓動	1996/5/25
22	アジア覇権戦争4	二匹の昇龍	1996/6/25
23	アジア覇権戦争5	覇権の果てに	1996/7/31
24	香港独立戦争　上		1996/12/20
25	香港独立戦争　下		1997/1/25
26	原油争奪戦争　上		1997/3/22
27	原油争奪戦争　下		1997/5/2
28	新世紀日米大戦1	笑顔のファシズム	1997/10/3
29	新世紀日米大戦2	黄色い資本主義	1997/11/10
30	新世紀日米大戦3	真珠湾の亡霊	1998/1/25

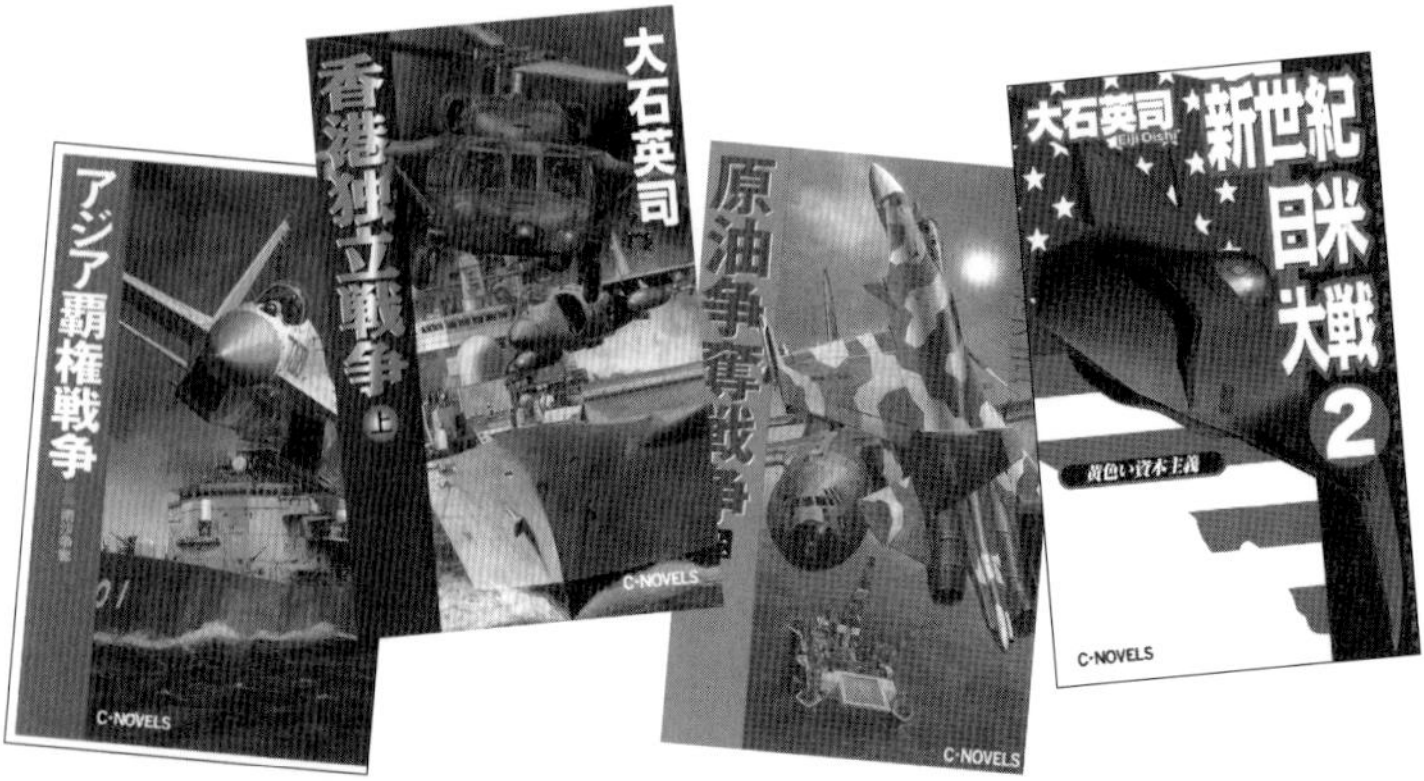

大　石　英　司　　C ★ N

1	原子力空母を阻止せよ	1987/9/20
2	戦略原潜浮上せず　上	1988/10/20
3	戦略原潜浮上せず　下	1988/10/20
4	原潜海峡を封鎖せよ	1989/6/25
5	核物質護衛艦隊出撃す　上	1990/6/25
6	核物質護衛艦隊出撃す　下	1990/6/25
7	第二次太平洋戦争（上）	1991/2/25
8	第二次太平洋戦争（下）	1991/2/25
9	ソ連極東艦隊南下す	1991/7/31
10	第二次湾岸戦争　上	1992/7/25
11	第二次湾岸戦争　下	1992/7/25
12	自由上海支援戦争（上）	1993/9/25
13	自由上海支援戦争（下）	1993/9/25
14	環太平洋戦争１　発火するアジア	1994/9/25
15	環太平洋戦争２　ルビーの泪	1994/11/25

O V E L S 作品一覧

46	合衆国封鎖　下	2002/5/25
47	合衆国消滅　上	2002/10/25
48	合衆国消滅　下	2002/11/25
49	アメリカ分断　上	2003/3/30
50	アメリカ分断　下	2003/3/30
51	合衆国再興　上　コロラド・スプリングス	2003/7/25
52	合衆国再興　中　テキサスの攻防	2003/10/25
53	合衆国再興　下　約束の地へ	2003/12/20
54	朝鮮半島を隔離せよ　上	2004/7/25
55	朝鮮半島を隔離せよ　下	2004/7/25
56	魚釣島奪還作戦 (中公文庫 ISBN-978-4-12-205179-9)	2004/10/25
57	ダーティ・ボマー　上	2005/1/25
58	ダーティ・ボマー　下	2005/2/25
59	沖ノ島島爆破指令	2005/5/25

31	新世紀日米大戦4	トラトラトラ	1998/3/25
32	新世紀日米大戦5	ミッドウェーの警鐘	1998/9/25
33	新世紀日米大戦6	祖国ふたたび	1998/12/20
34	新世紀日米大戦7	甦る星条旗	1999/3/25
35	新世紀日米大戦8	眼下の危機	1999/6/25
36	新世紀日米大戦9	地を這う者たち	1999/11/25
37	新世紀日米大戦10	愚行の葬列	2000/3/25
38	深海の悪魔　上		2000/8/25
39	深海の悪魔　下		2000/10/1
40	石油争覇1	南海のテロリスト	2001/1/25
41	石油争覇2	驟雨の奪還作戦	2001/4/6
42	石油争覇3	誤解の海峡	2001/7/25
43	石油争覇4	鴨緑江を越えて	2001/10/25
44	石油争覇5	明日昇る朝陽	2002/1/25
45	合衆国封鎖　上		2002/5/25

OVELS 作品一覧

75	対馬奪還戦争１	2009/8/25
76	対馬奪還戦争２	2009/9/25
77	対馬奪還戦争３	2009/12/20
78	対馬奪還戦争４	2010/3/25
79	対馬奪還戦争５	2010/4/25
80	半島有事１　潜入コマンド蜂起	2010/8/25
81	半島有事２　釜山の幽霊部隊	2010/10/25
82	半島有事３　ソウル・レジスタンス	2011/1/25
83	半島有事４　漢江の攻防	2011/3/30
84	半島有事５　嵐の挟撃軍団	2011/6/25
85	半島有事６　仁川上陸作戦	2011/9/25
86	半島有事７　38度線を越えて	2011/12/20
87	ピノキオ急襲　上	2012/3/25
88	ピノキオ急襲　下	2012/5/25

60　戦艦ミズーリを奪取せよ　上　2005/8/25
61　戦艦ミズーリを奪取せよ　下　2005/8/25
62　虎０７潜を救出せよ　上　2006/10/25
63　虎０７潜を救出せよ　下　2006/10/25
64　死に至る街　2007/2/25
65　サハリン争奪戦　上　2007/5/25
66　サハリン争奪戦　下　2007/5/25
67　北方領土奪還作戦１　2008/1/25
68　北方領土奪還作戦２　2008/2/25
69　北方領土奪還作戦３　2008/4/25
70　北方領土奪還作戦４　2008/6/25
71　北方領土奪還作戦５　2008/8/25
72　北方領土奪還作戦６　2008/12/20
73　北方領土奪還作戦７　2009/1/25
74　首相専用機を追え！　蝶紋島極秘指令　2009/5/25

OVELS 作品一覧

97 謎の沈没船を追え！ 上 2014/1/25
ISBN4-12-501274-1

98 謎の沈没船を追え！ 下 2014/3/25
ISBN4-12-501287-3

99 日中開戦１ ダブル・ハイジャック 2014/5/25
ISBN4-12-501299-7

100 日中開戦２ 五島列島占領 2014/8/25
ISBN4-12-501308-X

101 日中開戦３ 長崎上陸 2014/11/25
ISBN4-12-501320-9

※ISBNが入っていない作品は、電子書籍にてご購入ください。
※このリストは、2014年11月現在のデータとなっております。

89　米中激突１　南洋の新冷戦　2012/8/25
ISBN4-12-501211-3

90　米中激突２　楽園の軍楽隊　2012/10/25
ISBN4-12-501219-9

91　米中激突３　包囲下のパラオ　2012/12/20
ISBN4-12-501228-8

92　米中激突４　ペリリューの激闘　2013/2/25
ISBN4-12-501236-9

93　米中激突５　暁のオスプレイ　2013/4/25
ISBN4-12-501244-X

94　米中激突６　南沙の独裁者　2013/6/25
ISBN4-12-501250-4

95　米中激突７　奮闘の空母遼寧　2013/8/30
ISBN4-12-501258-X

96　米中激突８　南シナ海海戦　2013/10/31
ISBN4-12-501266-0

（著者近影）７月のイギリスＲＩＡＴにて。

大石英司

小説家

実はしばらく以前から、サイレント・コアの短篇というものを書いていました。

残念ながら、これまではそれを纏める機会がなく、またプラットホームの問題から、それを読めない読者の方が大勢いました。

今回、こういう機会をいただき、新たに書き下ろした短篇や掌篇を収録すると同時に、お世話になっている安田先生の描き下ろしのイラストとともに、皆様の元にお届けする機会を頂戴しました。

これらはまた、長篇シリーズと次シリーズを繋ぐ、いわゆる外伝エピソードでもあります。

あとがき

1987年。大石先生の１冊めが発刊されました。そして2014年、記念すべき100冊目が出ました。

このすべてに関われたことを大変嬉しく、ありがたく思います。

紙と筆はモニターとタブレットに変わるなど、イラストレーターとしての歩みもこの100冊とともにありました。

〝継続は力なり〟私はこの100冊に育ててもらったようなものです。

これまで、その機会を与えてくださった大石先生、歴代編集者の方々に改めてお礼申し上げます。

それとともに、これからもよろしくお願いいたします。


サイレント・コア装備の自画像。

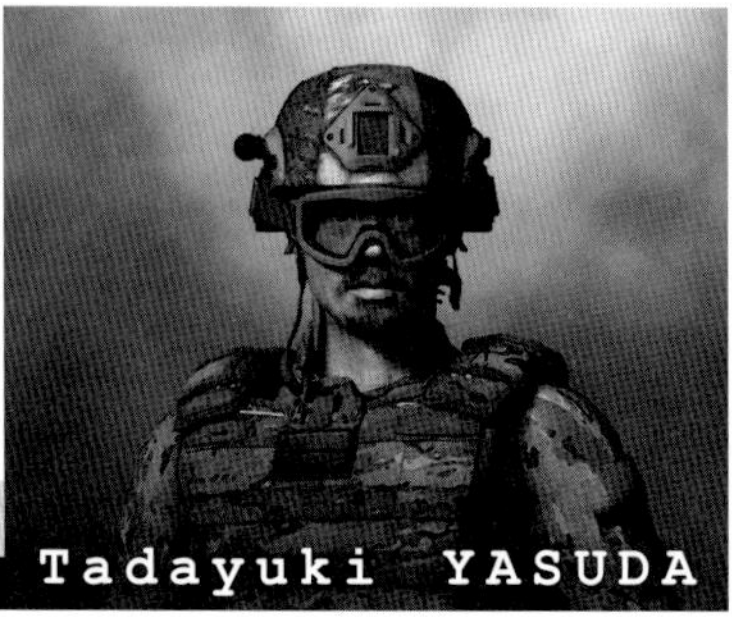

安田忠幸

イラストレーター

SILENT CORE

目次

本文デザイン:平面惑星

GUIDEBOOK

ご感想・ご意見をお寄せください。

イラストの投稿も受け付けております。

なお、投稿作品をお送りいただく際には、編集部
(tel:03-3563-2242、e-mail:cnovels@chuko.co.jp)

まで、事前に必ずご連絡ください。

C★NOVELS

サイレント・コア　ガイドブック

2014年11月25日　初版発行

著　者　大石《おおいし》　英司《えいじ》
画　安田《やすだ》　忠幸《ただゆき》
発行者　大橋　善光
発行所　中央公論新社
〒104-8320　東京都中央区京橋2-8-7
電話　販売　03-3563-1431　編集　03-3563-2242
URL http://www.chuko.co.jp/

DTP　平面惑星
印　刷　大熊整美堂
製　本　小泉製本

Published by CHUOKORON-SHINSHA, INC.
Printed in Japan　ISBN978-4-12-501319-0 C0293